Arkadij Awertschenko

Kurzgeschichten

Verone

Arkadij Awertschenko

Kurzgeschichten

1st Edition | ISBN: 978-9-92500-152-1

Place of Publication: Nikosia, Cyprus

Erscheinungsjahr: 2016

TP Verone Publishing House Ltd.

Reproduktion des Originals in Großdruckschrift.

Arkadij Awertschenko

Kurzgeschichten

Abenteuer im Abteil

Der Schnellzug raste nach dem Süden. In einem Abteil zweiter Klasse saß der Beamte des Kontrollamtes Iwan Michailow mit seiner jungen, schlanken Frau Sinotschka. Ihnen gegenüber lehnte der Geschäftsreisende Schitomirski und las ein humoristisches Blatt. Die Passagiere sprachen kein Wort.

»Mein Gott, wie langweilig!«, bemerkte die junge Frau und gähnte.

»Hör doch auf!«, rief ihr der Mann zu. »Du steckst doch alle an!« Und unwillkürlich gähnte er auch. Dann wandte er sich seinem Gegenüber zu und sagte: »Nicht wahr, mein Herr, es ist ein wenig ermüdend?«

Der Geschäftsreisende legte die Zeitung zur Seite, schaute Michailow an, entzündete sich eine Zigarette und sprach bedächtig: »Ja, lustig ist es nicht. Wenn man lange im Abteil sitzt, beginnt es langweilig zu werden. Was für eine Station war das?«

Der Beamte wischte den Hauch vom Fenster und nannte irgendeinen Namen.

»Ach, ist das eine Fahrt!«, rief indes seine Frau.

»Hör doch auf«, sagte Michailow. »Deshalb kommen wir auch nicht rascher in die Krim.«

Eine Weile später fuhr der Zug in eine Station ein und blieb stehen.

Gleich darauf trat ein Herr ins Abteil. Er trug einen groß karierten Mantel und eine graue Reisemütze, grüßte die Passagiere höflich, warf seine Tasche ins Netz und sagte zu Michailow: »Sie gestatten?«

Michailow drückte sich noch mehr in seine Ecke und murmelte etwas, aber Sinotschka schaute den Unbekannten an, und da er ein eleganter Mann war, bemerkte sie lächelnd:

»Bitte.«

Der Geschäftsreisende Schitomirski war mit dem Auftreten des neuen Passagiers keineswegs zufrieden. Leise sagte er: »Das haben wir nötig!«

Der Fremde sprach kein Wort, nahm eine Zeitung aus der Tasche und vertiefte sich in seine Lektüre. Im Wagen trat Stille ein. Man hörte nur das Rattern der Räder und das Pfeifen der Lokomotive.

Die junge Frau Sina kreuzte bedächtig ein Bein über das andere, nahm den Hut herunter, damit man ihren schönen blonden Pagenkopf sehen konnte, dehnte und streckte sich und rief: »Wir müssen noch sechs Stunden fahren!«

»Ach ja«, sagte ihr Mann. »Das Reisen ist eintönig.«

Der Geschäftsreisende nickte. »Stimmt! Und dabei ist es ein ziemlich teures Vergnügen.«

»Und so wenig unterhaltend!«, rief Sina und blickte den Fremden an.

Der Unbekannte fing ihren Blick auf, legte die Zeitung zur Seite und lachte:

»Die Herrschaften langweilen sich? Wissen Sie, woher das kommt? Weil die Menschen nicht so sind, wie sie sich zeigen.«

Schitomirski rief beleidigt: »Was heißt das? Was wollen Sie damit sagen, Herr? Ich als intelligenter Mensch ...«

Der Fremde unterbrach ihn.

»Und wer sind Sie zum Beispiel?«

»Ich? Geschäftsreisender! Mein Name ist Schitomirski. Ich vertrete die Firma Krimbel u. Co., Tuche und Seiden en gros.«

Der Fremde lachte hellauf. »Ich habe gewusst, dass Sie die Unwahrheit sagen werden. Weshalb lügen Sie Ihre Mitreisenden an? Weshalb behaupten Sie, dass Sie Geschäftsreisender sind? Sie sind doch der Kardinal Giuseppe beim päpstlichen Hof! Mein Herr, Ihr Inkognito ist entlarvt!«

Schitomirski schaute den Sprecher erschreckt an.

»Was? Ich ein päpstlicher Kardinal? Sie irren sich!«

Aber der Fremde sagte energisch: »Jawohl, Sie sind der Kardinal Giuseppe! Spielen Sie keine Komödie! Ich weiß, dass Sie eine der einflussreichsten Persönlichkeiten der Gegenwart sind. Man hat mir erzählt, dass ...«

Der Geschäftsreisende warf die Zigarette weg, sprang auf und rief wütend: »Herr, lassen Sie diese dummen Späße! Was erlauben Sie sich eigentlich?«

Der Unbekannte stand gleichfalls auf, legte seine Hand auf die Schulter des Reisenden und sagte in einem Tone, der keinen Widerspruch erlaubte: »Mich werden Sie nicht zum Narren halten. Statt dummer Gespräche erzählen Sie mir lieber etwas vom Vatikan, von den Sitten, die am päpstlichen Hofe herrschen, von Ihren Erfolgen bei den schönen Italienerinnen!«

Der Reisende wich entsetzt zurück, blickte nach der Notleine und rief: »Was wollen Sie von mir? Lassen Sie mich in Ruhe!«

Der Unbekannte trat auf ihn zu und rief drohend: »Nicht schreien – Hand von der Notleine – hier ist eine Dame!« Dann ließ er sich auf seinen Sitz nieder, zog einen Revolver aus der Tasche und richtete langsam den Lauf gegen Schitomirski: »Heraus mit der Wahrheit! Ich vertrage keine Komödie!«

Unter den Mitreisenden entstand eine Panik. Sina drückte sich in die Ecke, ihr Mann versuchte aufzustehen, doch eine Handbewegung des Unbekannten zwang ihn, Platz zu behalten.

Der Fremde spielte mit dem Revolver und sagte dann: »Meine Herrschaften, Sie können beruhigt sein, ich werde Ihnen nichts tun, aber ich verlange, dass dieser Mensch die Wahrheit gesteht!«

Schitomirski stand zitternd und rief nur immer: »Was wollen Sie von mir? Ich bin Reisender der Firma Krimbel u. Co.!«

»Du lügst!«, bemerkte der Fremde. »Du bist der Kardinal Giuseppe!«

Michailow flüsterte: »Sehen Sie nicht, mit wem Sie es zu tun haben? Das ist ein Wahnsinniger, der aus dem Irrenhaus entsprungen ist. Sagen Sie ihm, dass Sie ein Kardinal sind – das kostet doch nichts!«

Schitomirski schüttelte verzweifelt den Kopf. »Aber ich bin doch kein Kardinal!«

Da trat Michailow auf den Fremden zu und sagte mit wehmütigem Lächeln: »Seinen Zügen nach zu urteilen, sieht er einem Kardinal ähnlich. Sicher reist er in geheimer Mission!« Und sich zu Schitomirski wendend, rief er leise: »Hol's der Teufel, sagen Sie ihm doch, dass Sie ein Kardinal sind, sonst knallt er Sie noch nieder!«

Der Geschäftsreisende nickte schweigend mit dem Kopfe und sagte verzweifelt: »Gut: Ich bin ein Kardinal!«

Der Unbekannte bemerkte triumphierend: »Sehen Sie? Was habe ich gesagt? Die Menschen sind nicht so, wie sie erscheinen!«

Schitomirski brach auf seinem Platz zusammen und saß wie ein Häufchen Unglück da.

Der Unbekannte wandte sich nun an Michailow und sagte liebenswürdig: »Ich begreife nicht, wie Ihre reizende, kleine Frau mit diesem entzückenden Pagenkopf und den schlanken Beinen sich langweilen kann, wenn sie die Gattin einer so berühmten Persönlichkeit ist!«

»Welcher berühmten Persönlichkeit?«, fragte der Kontrollbeamte unruhig. Der Unbekannte schaute ihn scharf an und sagte, jede Silbe betonend: »Sie sind doch der berühmte Sänger Anselmi von der Mailänder Scala, der beste Bariton der Welt! Singen Sie uns etwas vor, Maestro!«

Michailow blickte den Sprecher geistesabwesend an und rief: »Herr, das ist ein Irrtum – ich kann gar nicht singen. Ich habe eine kleine, kreischende Stimme!«

Der Fremde lachte wild auf: »Ha, ha! Die Bescheidenheit der großen Talente – lassen Sie das! Singen Sie, oder ...!«Und er begann wieder, mit dem Revolver zu spielen.

In seiner Todesangst sang Michailow so falsch, wie noch nie im Leben: »Adieu, mein kleiner Gardeoffizier!«

»So!«, rief der Fremde. »Jetzt habe ich die Maske von diesen zwei Herren gerissen. Der eine erwies sich als Kardinal, der zweite als Bariton. Lüge auf Schritt und Tritt! Die Lüge begleitet uns von der Wiege, wir atmen sie ein und tragen sie mit uns!«

Dann wendete er sich zu Sina und rief: »Meine Gnädige, Sie sind die Venus von Milo! Unter Ihrem Kleide befindet sich der idealste Körper der Welt. Streifen Sie Ihre Bluse ab!« Dabei zog er den Revolver und richtete den Lauf gegen Michailow: »Ihr Mann wird doch nichts dagegen haben?«

Michailow blickte zitternd auf den Revolver und sagte stammelnd: »Nein, ich habe nichts dagegen – ich liebe die Schönheit! Ein wenig kannst du die Bluse abstreifen!«

Sina schaute ihren Mann voll Verachtung an, lachte hysterisch, erhob sich und sagte: »Kardinal, wenden Sie sich um!« Sie streifte die Bluse ab, sodass man ihre schneeweißen, runden Schultern sehen konnte. »Nicht wahr, ich bin hübsch?«, bemerkte sie zu dem Fremden. »Wenn Sie mich küssen wollen, fragen Sie meinen Mann, er erlaubt alles!«

Doch der Fremde küsste bloß galant ihre Hand.

Plötzlich verlangsamte der Zug das Tempo, denn er näherte sich einer Station. Der Fremde stand auf, nahm seine Handtasche und sagte zu dem Beamten und zu dem Geschäftsreisenden: »Meine Herren, in wenigen Minuten steige ich aus. Der Zug hält in dieser Station fünf Minuten. Ich stehe auf dem Perron, mit dem Revolver in der Hand, und wenn einer von Ihnen den Zug verlässt, schieße ich ihn nieder – verstanden?«

Der Unbekannte verließ den Wagen. Alle saßen erstarrt. Plötzlich öffnete sich leise die Tür, eine Hand warf einen Zettel in den Wagen und verschwand. Gleich darauf setzte sich der Zug in Bewegung ...

Der Beamte hob den Zettel auf, schaute ihn an und las dann vor: »Meine Herrschaften, gestehen Sie, dass Sie sich nicht gelangweilt haben. Diese originelle Methode verjagt die Langeweile und zeigt die Menschen in ihrer wahren Gestalt. Wir waren vier im Waggon: Ein Trottel, ein Feigling, eine mutige Frau und ein Spaßmacher – die Seele der Gesellschaft! Bariton, küssen Sie den Kardinal!«

Die drei Passagiere sprachen kein Wort und sahen einander an. Der Zug ratterte weiter ...

Anders weiß zu leben

In einem Zimmer des Hotel garni »Zum Pechvogel« wickelte sich folgendes Gespräch ab:

»Wir sitzen ohne eine Kopeke da«, sagte mein Freund Anders zu mir. »Die Miete sind wir schuldig. Gestern haben wir kein Nachtmahl gegessen – heute nicht gefrühstückt. Und dabei gibt es ein Mittel, sorglos zu leben! Wir könnten es wirklich einmal versuchen!«

»Was muss man denn tun?«

»Nichts. Nur dasselbe, was ich tue. Ziehen wir uns an und gehen auf die Gasse!«

»Der Besitzer des ›Pechvogels‹ wird uns aufhalten, wird die Miete verlangen und an die Schuld mahnen!«

»Das macht nichts. Ein Lebenskünstler weiß sich aus jeder Lage zu helfen!«

Als wir durch den Korridor schritten, kam uns das Zimmermädchen entgegen:

»Herr Anders, der Hausherr möchte Sie sprechen!«

Ich lehnte mich erschrocken an die Wand, aber Anders sagte gelassen:

»Sehr angenehm. Wir kommen!«

Der Besitzer des »Pechvogels«, ein alter, griesgrämiger Herr, begegnete uns sehr kühl:

»Entschuldigen Sie, meine Herren, ich habe mit Ihnen geschäftlich zu reden.«

Anders unterbrach ihn rasch:

»Wir wollten Sie heute aufsuchen. Wissen Sie, ich habe in den feinsten Hotels gewohnt, aber nirgends habe ich eine so musterhafte Ordnung wie in Ihrem ›Pechvogel‹ gefunden. Ich frage ihn täglich«, und dabei wies Anders auf mich: »Woher findet der Besitzer dieses Hotels nur die Zeit, ein so großes Unternehmen so glänzend zu führen!«

»Auch ich begreife das nicht«, fiel ich rasch ein.

»Ja«, bemerkte der Alte zufrieden lachend, »es ist schwer, Reinlichkeit und Ordnung zu wahren.«

»Aber Sie wahren sie«, rief Anders. »Und dann diese ideale Ruhe! Ich erinnere mich, wie im Vorjahr bei Ihnen ein Trunkenbold wohnte. Hat er gewagt, die Ruhe zu stören? Nein ...! Wenn seine Freunde ihn betrunken nach Hause brachten und ihn aufs Bett legten, schlief er sofort ein. Man muss Willenskraft haben, um solch einen Betrieb zu führen! Überhaupt sind Sie ein energischer Mensch und dabei noch so hübsch! Wenn ich verheiratet wäre, hätte ich Angst für meine Frau. Noch einmal Dank im Namen aller Mieter!«

Der Alte war durch diese Ansprache so verblüfft, dass er die unbezahlte Rechnung ganz vergaß, und wir verschwanden rasch aus dem Zimmer.

Auf dem Korridor trafen wir wieder die Zofe:

»Nadja«, sagte Anders, »was ich Sie fragen wollte ... ja, wer war denn der fesche Offizier, mit dem Sie gestern sprachen?«

Nadja lachte hellauf:

»Das war mein Bräutigam. Er ist kein Offizier, sondern ein Militärschreiber!«

»Sie scherzen. Er schaut wie ein Offizier aus. So ein eleganter Mann! Dieses intelligente Gesicht ...! Hm, ja ... Nadja, haben Sie Kleingeld? Die Chauffeure können auf große Noten nicht herausgeben – leihen Sie mir etwas bis nachmittags!«

Nadja griff in die Tasche und gab Anders das Kleingeld. »Haben Sie bemerkt«, sagte sie », was für rote Wangen er hat?«

»Ja. Ein hübscher Mann! Auf Wiedersehen, Nadja!«

Als wir das Haus verließen, blieb ich beim Portier stehen: »Hm, Sie lesen Zeitung? Sie befassen sich mit Politik ... Wie angenehm ist es, einem klugen Menschen zu begegnen ...!«

»Gehen wir«, sagte Anders, »das ist nicht nötig. Es zahlt sich nicht aus!«

Ich brach meine Rede ab und folgte Anders.

*

Als wir ein paar Schritte gingen, kam uns ein Herr entgegen. Es war die reinste Jammergestalt: er hatte eine eingefallene Brust, ging tief gebeugt und zog einen Fuß nach.

»Ah!«, rief Anders. »Kolja Magnatow! Darf ich vorstellen? Wo warst du gestern?«

»Wie immer bei den Ringkämpfen«, sagte Kolja.

»Ach, Anders, wenn Sie gesehen hätten, wie der elegante Schwede den Finnen geworfen hat!«

»Und Sie selbst nehmen nicht an den Ringkämpfen teil?«

»Ich? Woher? Ich bin doch nicht besonders stark!« rief Kolja erstaunt.

»Unsinn! Solche hageren Menschen wie Sie sind muskulös und haben eine ungewöhnliche Kraft. Wie ist Ihr Griff? Packen Sie meine Hand, drücken Sie fest! Au! Sie haben ja einen Griff wie von Eisen. Meine Hand ist wie tot – es wäre interessant, Ihre Muskeln zu sehen!«

»Meine Herren«, rief Kolja, »da in der Nähe ist ein kleines Restaurant. Ich lade Sie zu einem Gabelfrühstück ein. Wir werden ein Extrazimmer nehmen, ich werde mich auskleiden und Ihnen meine Muskeln zeigen. Sie sind meine Gäste, kommen Sie!«

Im Restaurant bestellte Kolja ein opulentes Frühstück, Bier, Wein. Dann sperrte er die Tür zu und zog sich aus.

»Das habe ich mir gleich gedacht«, bemerkte Anders, »mager, aber elastisch und muskulös. Wenig Training. Aber wenn Sie ein anständiger Trainer in die Hand nimmt, können Sie mit der Zeit ein berühmter Ringkämpfer werden!«

Darauf bestellte Kolja noch mehr Wein ...

*

Wir verließen das Restaurant um acht Uhr abends.

»Was fangen wir mit dem angebrochenen Abend an?«, rief Anders. »Eine Idee – wir gehen ins Theater!«

Zehn Minuten später saßen wir in der Garderobe des ersten Helden. Anders sagte zu ihm:

»Ich war zweimal im Leben erschüttert: das erste Mal, als meine Mutter starb, und das zweite Mal, als ich Sie als Othello sah. Nein, diese Szene mit Desdemona – und erst die heutige Rolle ...«

»Ich hoffe, dass Sie noch keine Karten gekauft haben?«, bemerkte der Schauspieler.

»Wir gehen jetzt zur Kasse!«

»Wozu? Ich werde das gleich erledigen. Portier, tragen Sie den Zettel zur Kasse. Zwei Karten in der ersten Reihe. Auf Wiedersehen!«

In der Pause trafen wir im Foyer den reichen Kaufmannssohn Kalinin, der durch seine tollen Streiche in der Stadt sehr bekannt war.

»Ah!«, rief Anders. »Sie haben schon wieder einen tollen Streich gemacht. Die ganze Stadt spricht davon. Ja, es gibt noch witzige Köpfe! Was ich sagen wollte – können Sie uns nicht auf ein paar Tage hundert Rubel borgen?«

Kalinin zog lässig seine Brieftasche und gab Anders hundert Rubel ...

*

Wir fuhren in einem Auto nach Hause und rauchten Zigarren. Ich hatte mich zurückgelehnt und sagte zu Anders:

»Du bist ein kluger Mensch, du hast den richtigen Instinkt!«

Anders machte eine Bewegung mit der Hand:

»Möglich. Aber die Hauptsache ist und bleibt doch, dass man zu leben weiß.«

Awertschenko rät Euch ...

Wie man Frauen gewinnt

Wir sehen immer wieder, dass hübsche, junge Leute kein Glück bei Frauen haben, während rothaarige, krumme und hässliche Männer die schönsten Damen für sich gewinnen.

Weshalb?

Weil die hübschen, jungen Leute nicht wissen, wie man mit Frauen umgehen muss, und weil die anderen das Geheimnis kennen.

Ich habe für ihr Unglück etwas übrig und will ihnen ein paar Ratschläge erteilen.

Vor allem: Wenn Sie verliebt sind, brauchen Sie nicht sofort Ihren Frack anzuziehen, die weiße Krawatte umzubinden, einen Blumenstrauß in die Hand zu nehmen und der geliebten Frau zu sagen:

»Mein Engel, ich kann nicht ohne Sie leben. Küssen Sie mich!«

Das ist einfältig und dumm.

Machen Sie es so:

Sie kommen eines Abends in der Dämmerung zu ihr. Vorher haben Sie einige Zitronen gegessen und sind sehr bleich. Die Augenränder haben Sie mit verkohlten Zündhölzern ein wenig dunkel gefärbt. Sie setzen sich in eine Ecke und seufzen.

»Warum sind Sie traurig?«, fragt die Dame. »Haben Sie Pech in Ihrem Beruf?«

»Der Beruf! Ach, was kümmert mich heute der Beruf.«

»Aber Sie sind so blass!«

»Ich habe die ganze Nacht nicht geschlafen.«

»Weshalb, um Himmels willen?«

»Fragen Sie nicht! Sie sind schuld – ich habe von Ihnen geträumt ...«

»Mein Gott! Aber ich kann doch nichts dafür – es tut mir wirklich leid.«

Hören Sie? Es tut ihr leid. Sie tun ihr leid!

»Quälen Sie sich doch nicht!«, sagt die Dame.

Sie stehen auf. Sie nähern sich ihr, als wollten Sie sich verabschieden. Sie küssen ihre Hand! Die Dame blickt sie an und lächelt. Das ist der Augenblick! Wenn Sie ihn versäumen, möchte ich für nichts einstehen!

Weitere Ratschläge kann ich Ihnen übrigens nicht geben. Oder haben Sie Weiteres von mir erwartet? ... Später dürfen Sie nach Hause gehen ...

*

Ich kannte einen Mann, der diesen Vorgang sehr vereinfachte. Wenn er mit einer Frau allein blieb, umarmte er sie ohne weitere Umstände.

Ich fragte ihn einmal:

»Wie kannst du so stürmisch vorgehen? Ist es dir immer geglückt?«

»Nicht immer. Aber Frauen sprechen nicht viel in solchen Fällen. Sie machen keinen Wirbel. Gelegentlich ohrfeigen sie dich. Aber von hundert Frauen tun das höchstens sechzig. Ich arbeite also mit vierzig Prozent Nutzen. Soviel verdient nicht einmal ein Bankdirektor.«

Nur nebenbei: Es handelte sich um einen hübschen, groß gewachsenen Mann. Wenn man klein und zart ist, verlässt man sich besser nicht auf diese Methode. In solchen Fällen wirkt es mehr, zu seufzen:

»Gnädige Frau: Ich habe von Ihnen geträumt ...«

*

Einer meiner Freunde arbeitete in Porzellan – das ist einfach und billig. Vor langer Zeit kaufte er auf einer Auktion eine Porzellankatze und einen Chinesen mit wackelndem Kopf. Seither pflegt er zu sagen:

»Lieben Sie altes Porzellan?«

Kennen Sie eine Frau, die den Mut hat, nein zu sagen?

»Ich habe eine hübsche Sammlung alter Porzellanfiguren. Wollen Sie meine Sammlung sehen?«

Wenn die Dame Ihre Wohnung verlässt und den Hut aufsetzt, fragt sie gewöhnlich:

»Ach ja, Sie wollten mir Ihr berühmtes Porzellan zeigen. Wo steht es denn?«

»Dort drüben!« Stoß den Chinesen! Er wird zu wackeln beginnen. Wenn sie dann die Tür hinter sich zuschlägt, schüttelt der Porzellanchinese immer noch nachdenklich seinen Kopf ...

*

Zuletzt: Die Frauen sind poetisch veranlagt. Und der Geiz ist eine prosaische Sache.

Mein Freund verlor die Liebe einer Frau, weil er ihr im Kaffeehaus gesagt hatte:

»Der Mokka kostet fünf Rubel. Du hast mit deinen reizenden Zähnen ein Stück von meinem Kuchen abgebissen – das macht zehn Kopeken. Außerdem habe ich zwanzig Kopeken Trinkgeld gegeben. Ich bekomme also fünf Rubel und dreißig Kopeken von dir.«

Ein Mann, der so spricht, ist im selben Augenblick erledigt.

*

Sie sehen also: Ganz ohne Kleingeld geht es nicht!

Wie man sich beim Diner benimmt

Wenn Sie zu einem Diner eingeladen werden, müssen Sie nicht unbedingt alle Freunde, die keine Einladung erhalten haben, mit sich nehmen und ihnen sagen: »Das sind sehr liebe Menschen, die werden euch sicher auch bewirten!«

Es dürfen nur solche Gäste erscheinen, die ausdrücklich aufgefordert worden sind, und zwar frühestens eine Viertelstunde vor der Tageszeit, zu der man sie gebeten hat. Ich kannte einmal einen jungen Mann, der am Abend des vorhergehenden Tages bei einem Gastgeber anklingelte und sagte: »Ich habe mich entschlossen, schon heute zu kommen, meinen Schlafrock, die Hausschuhe und das Hemd hab' ich mit. Ich bleibe über Nacht, denn ich kenne Ihren Vater – wenn man fünf Minuten zu spät kommt, hat er das Mittagessen schon allein verzehrt.«

Zum Diner müssen Sie im dunklen Anzug erscheinen. Ein Pyjama, wenn er auch aus feinster Seide ist, wird auf die Gesellschaft keinen Eindruck machen. Sie müssen vornehm und ruhig ins Zimmer treten, auch wenn Sie im Vorzimmer bereits erregt gefragt haben: »Komme ich zu spät?«

Sie brauchen nicht zu erwähnen, dass Sie die Straßenbahn benützt haben; in der sogenannten guten Gesellschaft spricht man nicht von der Straßenbahn. Am vernünftigsten ist es, wenn Sie daheim Ihre Hose mit Benzin putzen und dann sagen: »Ich habe heute meinen neuen Wagen ausprobiert.«

Im Vorzimmer können Sie die hübsche Zofe in die Wange kneifen. Einen Diener, und wenn er noch so rosige Wänglein hat, brauchen Sie nicht zu zwicken.

Wenn Sie eintreten, müssen Sie nicht neugierig fragen: »Gnädige Frau, was bekommen wir denn heute?« Am besten ist es, ein mondänes Gespräch zu beginnen oder die Kinder der Hausfrau zu loben, die gewöhnlich auf dem Teppich im Salon herumkriechen.

Über Kinder soll man mit einer gewissen Vorsicht sprechen.

Seien Sie jedenfalls entzückt von ihnen. Das kostet nichts und macht der Mutter Freude. Man sagt einfach:

»Ihr Söhnchen? Entzückend – die ganze Mama! Spricht er schon?«

»Aber woher? Er ist doch noch zu klein.«

Dieses Gespräch ist zwar sinnlos, aber es entspricht dem guten Ton.

Wenn dann die hübsche Zofe auf der Schwelle erscheint und meldet, es sei serviert, brauchen Sie nicht über den Sessel zu springen und ins Speisezimmer zu eilen, sondern Sie müssen ein gleichgültiges Gesicht machen und der Hausfrau sagen: »Aber, Gnädigste, wozu diese Mühe?«

Dann reichen Sie Ihrer Nachbarin liebenswürdig die Hand und sagen, wenn sie auch noch so hässlich ist: »Darf ich heute das Glück haben, Ihr Tischnachbar zu sein?«

Während des Essens darf man die Hausfrau nicht mit merkantilen Fragen belästigen:

»Gnädigste, was kostet dieser Fisch?«

Und wenn die Hausfrau selbst erwidert: »Fünf Rubel«, darf man nicht sagen: »Bitte, schneiden Sie mir noch ein Stück für fünfzig Kopeken ab.«

Wenn das Dessert gereicht wird, soll man alles eher als enttäuscht sagen: »Was? Schon das Dessert? Das ist das ganze Diner? Wenn ich das gewusst hätte, wäre ich lieber in ein Restaurant gegangen!«

Ich kannte einen zerstreuten Gast, der nach einem solchen Essen auf den Teller klopfte und rief: »Zahlen, bitte!«

Vielleicht wäre diese Lösung nicht einmal unangenehm für die Hausfrau, aber wie die Dinge liegen, wirkt es eben verletzend.

Nach dem Diner dürfen Sie nicht aufstehen und sich empfehlen. Für gewöhnlich sitzt man noch eine Weile und raucht, dann blickt man plötzlich auf die Uhr und ruft: »Was? Schon so spät? Ich muss doch in eine Versammlung.«

Wenn Sie gehen, vergessen Sie nicht der Hausfrau die Hand zu küssen und der schönen Zofe ein Trinkgeld zu geben. Irren Sie sich bitte nicht, und verwechseln Sie es nicht – es wäre der Hausfrau und der Zofe sehr peinlich ...

Zuletzt noch ein Wink für die Gastgeberin: Ihr wird empfohlen, den Gast ins Vorzimmer zu begleiten. Erstens ist es nun einmal so Sitte, und zweitens kann er dann keinen fremden Mantel mitnehmen ...

Wie man Witze erzählt

Wenn man in Gesellschaft Erfolg haben will, muss man auch verstehen, gute Witze zu erzählen. Ein junger Mann, der das kann, wird gern überall eingeladen.

Jeder Witzerzähler muss drei Grundregeln kennen:

1. Der Witz muss kurz sein.

2. Die Wiedergabe muss glänzend sein.

3. Die Pointe muss unerwartet kommen.

Ein bekannter Herr erzählte seine Witze immer in folgender Weise:

»Hm ... Ich werde Ihnen einen guten Witz erzählen. Ja. Das war in einem kleinen Industrieort. Das Städtchen war nicht groß, aber sehr belebt. Es liegt an den Ufern der Wolga und ist eine Umladestation, deshalb leben dort viele Kaufleute. In dieser Stadt gibt es viele Restaurants. Die Kaufleute gehen den ganzen Tag in diesen Restaurants aus und ein, wickeln dort ihre Geschäfte ab, trinken Tee und Wodka. Da kommt eines Tages in solch ein Restaurant, ich weiß nicht mehr, wie es heißt, ein betrunkener Kaufmann. Unweit von seinem Tisch steht auf dem Fenstersims ein Käfig mit einem Harzer Kanarienvogel. Das Vöglein singt, und der Kaufmann ist vom Gesang einfach entzückt. Sie wissen, dass die Kanarienvögel so schön singen, dass man ihnen zu Ehren sogar eine Gruppe von Inseln ›Kanarische Inseln‹ benannt hat. Der Kaufmann trinkt. Plötzlich ruft er den Kellner: ›Sie, Ober, was kostet der Vogel?‹ – ›dreihundert Rubel!‹ –

›Bringen Sie mir den Kanari in Butter gebacken!‹ Der Kellner weiß, dass der Kaufmann ein reicher Mann ist, er denkt, es sei eine Marotte von ihm. Er nimmt den Kanarienvogel, trägt ihn in die Küche, und nach einiger Zeit serviert er den Vogel, in Butter gebacken. Da sagt der Kaufmann: ›Den ganzen Vogel will ich nicht. Schneid mir ein Stück für drei Kopeken ab!‹ Es entsteht ein Skandal, der Kellner holt den Wachmann. Protokoll. Nach einiger Zeit wird der Kaufmann zum Richter vorgeladen und zu einer Geldstrafe verurteilt.«

So darf man es nicht machen. Man erzählt einen Witz ungefähr in der Art:

»Zederbaum, die ganze Stadt spricht, dass Kegelmann mit Ihrer Frau lebt.«

Der Mann: »Auch ein Glück ... wenn ich wollte – könnt' ich genau so mit ihr leben.«

Oder:

Zwei Juden kommen in Paris auf den Flugplatz, gehen auf den Piloten zu und fragen ihn: »Fliegen Sie nach London? Nehmen Sie uns mit!« Der Pilot schaut sie an und fragte sie: »Wer seid ihr?« – »Wir sind zwei Juden.« – »Juden nehme ich nicht mit. Wenn mir ein Unfall passiert, werden Sie schreien, mich am Rücken packen und dann ...« – »Herr Pilot«, antworten die Juden, »wir werden nicht schreien.« – »Ich nehme euch mit, aber nur unter einer Bedingung: Ihr dürft kein Wort reden. Für jedes gesprochene Wort zahlt ihr Strafe: ein Pfund.« Die Juden nehmen im Aeroplan Platz und der Pilot fliegt nach London. Wie sie glücklich in London landen, kommt ein

Jude auf den Piloten zu und fragt: »Darf ich jetzt reden? – Abrascha ist ins Wasser gefallen!«

Es gibt nichts Traurigeres als zerstreute Witzerzähler.

»Hm ... ich werde Ihnen einen Witz erzählen. Das war im Jahre 1989 ... nein, im Jahre 1900. Warten Sie, in welchem Jahre war es denn?«

»Das ist nicht so wichtig. Erzählen Sie den Witz!«

»Da lebte in einer Stadt ein Engländer, es war kein Engländer, es war ein Armenier ... Er hieß ... na, wie hieß er ... Pardon, ich habe diesen Witz mit einem anderen verwechselt.«

Wenn man so einen Erzähler tötet, so wird man sicherlich vom Richter freigesprochen.

Es gibt auch Witzerzähler, die einen Witz beginnen, dann plötzlich stecken bleiben, erröten und sagen: »Pardon, das ist ein unanständiger Witz, und es sind Damen da.«

Schrecklich sind Leute, die einem zurufen:

»Erzählen Sie doch den Witz, den Sie vorige Woche erzählt haben!«

»Welchen Witz?«

»Na, den da ... Ein Schuljunge bittet den Lehrer, ihn für den nächsten Tag zu beurlauben. ›Weshalb?‹, fragt der Lehrer. – ›Mein Papa hat gesagt, dass es morgen bei uns brennen wird.‹«

Wie kann man da noch einen Witz erzählen?!

Der Unterschied zwischen einer Hochzeit und einem Leichenbegängnis ist der, dass man bei einem Leichenbegängnis sofort weinen muss, während man bei einer Hochzeit manchmal erst am nächsten Tage weint.

In feinen Kreisen wird nur die Hochzeit gefeiert. Die Ehescheidung wird nicht festlich begangen, obwohl man sich bei einer Ehescheidung oft mehr als bei einer Hochzeit freut ... Ich werde Ihnen einige Ratschläge geben, wie man sich bei einer Hochzeit verhalten muss.

Der Bräutigam – hm ... Seine Lage auf der Hochzeit ist zweifellos schwieriger, als die eines geladenen Gastes. Der Gast braucht nicht zur Hochzeit zu kommen, während die Abwesenheit des Bräutigams peinliches Aufsehen erregt. Und nun stellen Sie sich einen jungen Mann mit verzweifelt blassem Gesicht vor, der in einen Frack gepresst ist und weiße Handschuhe und Lackschuhe trägt ... Er muss Gratulationen anhören, scherzhafte Bemerkungen der Freunde, Ratschläge der Eltern in Kauf nehmen, muss sich von der Menge in der Kirche begaffen lassen und dabei noch freundlich lächeln ...

Die Besucher in der Kirche nehmen ihn und die Braut unter Kreuzfeuer.

»Der Arme!«, sagt seufzend die dicke Köchin. »So jung und muss schon hineinspringen ...«

»Bei uns im Spezereiladen hat man erzählt«, bemerkt das Dienstmädchen, »dass seine Braut die Geliebte eines anderen ist. Der hat ihn gezwungen, sie zu heiraten.«

»Was findest du Fesches an ihm? Schau dir bloß seine Nase an!«

Vor diesem Publikum bleibt nichts verborgen, es bemerkt alles.

»Und die Braut? Sie hat ganz rote Augen!«

»Rotgeschminkte Wangen ... Die Schminke ist so stark aufgetragen, dass sie von den Wangen herunterfällt! Und der Ausschnitt? Wie kann man so zu einer Hochzeit gehen?«

Der Hochzeitsgast muss gut aufgelegt und ein Redner sein. Zur Hochzeit muss er im Frack, im weißen Gilet, in einer Frackhose und frisch rasiert erscheinen ... Sein Gesicht muss vor Freude glänzen, auch wenn er sich soeben mit seiner Freundin gestritten hat. In der Hand muss er einen Strauß weißer Rosen halten, er muss diesen Strauß der Braut überreichen und ihr lächelnd sagen:

»Diese reinen, unschuldigen Blumen sind das Symbol Ihres reinen, zukünftigen Glückes, das Symbol Ihrer Unschuld!«

Diese letzten Worte darf man auch dann sagen, wenn die Braut und der Bräutigam zehn Jahre in gemeinsamem Haushalt gelebt haben.

Wenn man sauren Wein und schlechtes Essen bekommt, darf man den Blumenstrauß nicht zurücknehmen. Man kann aber vor dem Abschied auf die Braut zutreten und ihr leise zuflüstern:

»Wie kann man Gästen so etwas zum Essen hinstellen? Der Wein war so sauer wie Essig! Und ich habe Ihnen so schöne Rosen gebracht – schicken Sie mir die Blumen zurück. Ich muss morgen zu einer anderen Hochzeit gehen.«

Hochzeitsreden bei der Tafel ... Hm ... das ist auch nicht so einfach.

Ich erinnere mich, welch peinlichen Eindruck die Rede eines meiner Freunde auf meiner Hochzeit gemacht hat. Er war Junggeselle und hielt folgende Ansprache:

»Meine Herrschaften, gestatten Sie mir, der Braut und dem Bräutigam zu gratulieren. Ich könnte dem Bräutigam ein langes Leben wünschen, wenn ich nicht fürchtete, dass er das zügellose Leben, das er vor der Hochzeit führte, fortsetzen wird ... Lieber Freund, jetzt musst du von den Weibern lassen und mehr auf die Gesundheit aufpassen! ... Der Braut könnte ich wünschen, dass sie ein paar hübsche pausbackige Kinder bekommt, aber sie hat bereits vor der Hochzeit ein Kind gehabt ... Ich könnte den Eltern gratulieren, dass sie das Mädchen endlich vom Hals haben. Es ist wahr, die Braut bekommt eine Villa als Mitgift, aber diese Villa ist baufällig, und ich bin fest überzeugt, dass das junge Ehepaar sofort eine Hypothek aufnehmen wird ... Also wozu davon reden? Ich wünsche auch der Mutter des verehrten Bräutigams Glück. Ich hoffe, dass ihr Sohn seine Mutter besser behandelt, als ihr Gatte es tat, denn er warf ihr alle Gegenstände, die ihm in die Hand kamen, an den Kopf ... Ich fühle auch die Freude der beiden Tanten der Braut, sie werden sich einmal satt essen können! Ich will feststellen, dass die Löffel, welche die Tanten heimlich eingesteckt haben, nicht aus Silber sind, sondern aus Aluminium ... Ich beende meine Rede, trinke auf das Wohl aller Gäste und bedaure, dass mir niemand antworten kann, da alle besoffen sind ... Hurra!«

Eine derartige Rede hat keine Aussicht auf Erfolg – man kann höchstens durchgebläut werden. Daher empfehle ich – um Missverständnissen aus dem Wege zu gehen – folgende Rede:

»Verehrte Damen und Herren! Ich sehe unter dem Dache dieses ehrwürdigen Hauses blühende Jugend, geistreiches Alter ... Was hat sie heute vereinigt? Sie sagen einfach: Peter heiratet Werotschka! Er bekommt 45 Millionen, eine Villa, Silber und wer weiß, was noch. Oh, meine Herrschaften, wie oberflächlich beurteilen Sie, was hier vorgeht ... Meine Herrschaften, hier wird heute der Grundstein zu jenem großen Geheimnis gelegt, aus dem sich der Staat zusammensetzt. Peter hat endlich seine Pflicht vor dem Staat, vor der Gesellschaft erfüllt. Und wenn Sie seine reizende Braut ansehen, so werden Sie sagen: eine angenehme Pflicht. Meine Herrschaften, ich wäre gern selbst an seiner Stelle. (Allgemeines Gelächter, Applaus.) Aber der Weg ist für mich versperrt, ich bin ein überzeugter Frauenhasser, denn ich bin bereits neunzehn Jahre verheiratet ... (Bewegung auf der linken Seite, wo die Frau des Redners sitzt.)

Meine Herrschaften, ich erhebe das Glas auf das Wohl des Mannes, der heute ein Mädchen heiratet, das es verstanden hat, bis zu seinem neunzehnten Lebensjahre seine Reinheit, seine Unschuld zu wahren ... Ich trinke auf das Wohl ihrer zukünftigen Kinderchen, die sicher den edlen Charakter ihrer Eltern erben werden ... Ich trinke auf das Wohl der Eltern, die mit freigebiger Hand (eine Villa, 45 Millionen) das junge Paar beglückt haben

... Ich trinke auf das Wohl der alten Tante, deren Sohn aus lauter Bescheidenheit unter den Tisch gefallen ist ... Und mein letzter Toast gilt jenem Herrn, der den Rotwein auf das weiße Tischtuch verschüttet hat, und nun Salz auf den Fleck schüttet – denn Salz und Brot bringen Glück!« (Applaus.)

Dann muss der Redner einen Schluck Wein trinken und nach russischer Sitte »Bitter!« rufen – dann müssen sich Braut und Bräutigam küssen. Diese Sitte wird nur bei Hochzeiten angewendet. Später küsst der Mann selten seine Frau – der Hausfreund küsst sie, und der Mann sagt: »Bitter!«

Wenn Sie eine solche Rede halten, werden Sie rasch beliebt, man wird Sie überall einladen und Sie werden zweifellos eines Tages an der Stelle des Bräutigams sein ...

Der Agent

Michael saß am Schreibtisch und arbeitete. Plötzlich hörte er auf der Stiege ein Gepolter, als ob jemand von der Treppe herunterfallen würde. Er sprang auf, ging zur Tür und öffnete sie. Da taumelte schon ein Mann ins Zimmer ...

»Entschuldigen Sie«, sagte der Eindringling. »Ich hatte nicht die Absicht ...«

»Aber kommen Sie doch herein!«, rief der Hausherr und bemerkte besorgt: »Mein Gott, wie sehen Sie denn aus? Haben Sie sich verletzt?«

Der Fremde wischte sich mit der einen Hand den Rock und die Hose ab, fuhr dann mit der anderen über den Rücken, räusperte sich und sprach:

»Nicht der Rede wert – wirklich nicht der Rede wert – aber ich störe Sie vielleicht ...«

»Machen Sie sich keine Gedanken darüber«, bemerkte Michael. »Haben Sie sich wehgetan? Was ist Ihnen eigentlich zugestoßen?«

»Hm – eine Kleinigkeit, eine Bagatelle! Ich bin bloß über die Stiegen gestolpert – das kommt bei mir alle Tage vor.«

Michael schlug die Hände zusammen.

»Aber um Gottes willen, dabei kann man sich doch Hände und Füße brechen?«

Der Fremde schaute ihn an und sagte gleichgültig:

»Das ist Training, Herr. Glauben Sie mir, Training! Wenn man so oft über die Stiegen fliegt wie ich ...«

Michael zuckte die Achseln und schüttelte den Kopf:

»Ich verstehe nicht – warum passen Sie denn nicht besser auf?«

»Ich würde schon aufpassen«, bemerkte der sonderbare Gast, »aber die Leute stoßen immer so fest hinunter und man findet keinen Halt ...«

»Die Leute?«, fragte Michael erstaunt. »Ja, hat Sie denn jemand die Stiegen hinuntergestoßen?«

»Freilich«, gab der Unbekannte zur Antwort. »Der Herr, der über Ihnen wohnt ...«

»Wirklich?«, sagte Michael sichtlich verwundert. »Aber das sind doch so nette Leute – ich hätte nie geglaubt – haben Sie vielleicht etwas mit der jungen, hübschen Frau?«

»Was denken Sie von mir?«, erwiderte der Fremde sichtlich empört, »die Frauen der anderen sind mir heilig ... ich bin doch kein Don Juan!«

»Aber dann verstehe ich nicht«, sagte Michael und schaute seinen Gast an.

»Strengen Sie sich nicht an, Herr«, rief kaltblütig der Fremde, »Sie werden schon draufkommen.«

Michael blickte seinen Gast durchdringend an und rief:

»Sie sind mir übrigens so bekannt ... Sind Sie nicht gestern von der Straßenbahn gestoßen worden?«

»Pardon«, sagte rasch der Gast, »das war vorgestern. Gestern hat man mich in dem Hause Ihnen gegenüber die Stiege hinuntergeworfen. Zum Glück waren es nur sechs Stufen ... und nicht hoch.«

»Ja, Menschenskind«, sagte Michael, die Hände zusammenschlagend, »was sind Sie denn eigentlich, dass Sie überall hinausfliegen?«

Der Fremde hüstelte und rief verlegen:

»Ich bin Agent – Versicherungsagent – Lebensversicherungsagent.«

»Ach so!«, rief Michael, sichtlich abgekühlt.

»Übrigens, bei dieser Gelegenheit«, bemerkte rasch der Fremde, »da fällt mir ein ... Sind Sie schon versichert? Ich kann Sie versichern, auf was Sie wollen ... Erleben,

Ableben, zugunsten Ihrer Frau, Ihrer Kinder – bitte sich nur auszusuchen.«

»Danke!«, erwiderte Michael. »Ich habe keine Frau und auch keine Kinder!«

Der Fremde blickte ihn an:

»Sie sind Junggeselle?«

»Gott sei Dank!«, erwiderte lachend Michael.

»Aber, Herr«, sagte der Gast, »wissen Sie, was Ihnen verloren geht, wenn Sie ledig bleiben? Welche Freuden, welches Wohlbehagen Sie versäumen? Sie müssen heiraten, Herr, schnellstens heiraten! Schon wegen der Junggesellensteuer ... Ich habe zufällig eine erstklassige Frau an der Hand – wie geschaffen für Sie ... Sie können sich alle zehn Finger abschlecken! Eine Mitgift! Und bei diesen schlechten Zeiten! Der Vater hat sich schon zweimal ausgeglichen ... Eine reizende Person, lange, blonde Zöpfe, groß, schlank, klug ... Haben Sie morgen Zeit? Die Sache drängt nämlich, sonst kommt uns ein anderer zuvor! Ich führe Sie hin. Haben Sie einen Smoking? Ich kenne eine erstklassige Firma, alles auf Raten ... wir können sofort hingehen.«

»Geben Sie sich keine Mühe«, rief Michael melancholisch, »ich tauge nicht zum Ehemann!«

»Warum nicht?«, bemerkte rasch der Fremde. »Bitte, warum nicht? Was heißt das überhaupt – ich tauge nicht zum Ehemann? Und erst ein Mann wie Sie? Sie sind einfach zum Ehemann geboren. Es ist eine Sünde, ein Verbrechen gegen die Menschheit, wenn so ein Mann allein durchs Leben geht.«

»Entschuldigen Sie«, rief Michael, »das muss ich doch schließlich besser wissen ... man kann nicht alles erklären ... es gibt Gefühlsmomente.«

»Ach so!«, bemerkte der Gast. »Na, wenn weiter nichts ist, kenne ich ein Mittel, das in solchen Fällen Wunder wirkt. Tausende von Dankschreiben, Probeflasche gratis.«

»Aber wer sagt Ihnen denn, dass ich ein Mittel brauche?«, rief Michael verärgert. »Ich verbitte mir ganz entschieden ...«

»Verzeihung! Ich wollte den Herrn gewiss nicht verletzen ... aber dann verstehe ich tatsächlich nicht ...«

»Sehen Sie mich doch einmal an«, sagte Michael lachend und rauchte eine Zigarette an, »kann ich einem Mädchen gefallen? Noch dazu einem hübschen Mädchen? Mit meiner Glatze, mit meinen abstehenden Ohren, mit diesem Schmerbauch und dieser Figur?«

»Aber Herr«, sprach eifrig der Fremde, »Sie vergessen, in welchem Zeitalter wir leben – im Zeitalter der Technik, der Erfindungen ... Wer hat heutzutage noch eine Glatze? Wenn Sie sich mit unserer Universalpomade einreiben, ist Ihre Glatze in einer Woche verschwunden! Ich kenne Herren, die eine Glatze hatten und heute wie eine Kokosnuss aussehen.«

»Lassen Sie mich in Ruhe, Herr, ich bin wirklich nicht dazu aufgelegt«, bemerkte Michael nervös.

Aber der Gast ließ sich nicht unterbrechen:

»Und was Ihre Ohren anlangt – nichts Einfacheres als das! Ich verkaufe Ihnen unseren patentierten Ohrenformer, über Nacht anzuziehen. In drei Tagen wissen Sie nicht mehr, dass Sie Ohren haben!«

»Und wenn ich Ihnen sage ...«, unterbrach Michael seinen Redeschwall.

»Augenblick – was haben Sie gesagt? Ihre kleine Figur soll absolut kein Hindernis sein. Unser gymnastischer Apparat verlängert Sie in zwei Monaten um zehn Zentimeter. Wissen Sie, was das heißt? In zehn Jahren sind Sie ein Riese, eine Sehenswürdigkeit, die sich im Panoptikum zeigen kann.«

Michael stand auf und drängte den Fremden zur Tür: »Ich brauche nichts. Sie bemühen sich ganz umsonst, Sie machen mich nervös!«

»Apropos, Nerven!«, rief der Fremde. »Herr, haben Sie schon von unserer Patentdusche mit Wasserzerstäuber und automatischem Massageapparat gehört? In einer Woche sind Sie ein anderer Mensch, ein Mensch ohne Nerven.«

Michael griff sich an den Kopf und sagte voll Verzweiflung:

»Lassen Sie mich in Ruhe, Herr. Mir brummt schon der Kopf.«

»Nichts einfacher als das!«, rief der Fremde. »Unsere Migränepastillen helfen gegen jede Art von Kopfschmerzen ... eine Tablette genügt ...«

Michael schaute den Gast flehend an:

»Ich habe keine Zeit. Ich muss Briefe schreiben!«

»Gut, dass Sie mich erinnern«, bemerkte der Gast. »Kennen Sie unsere Schreibmaschine, Herr? Neuestes

System, alles elektrisch, für zweihundert Rubel, ein Ausnahmepreis, weil Sie mir so sympathisch sind.«

Michael sprach kein Wort und hob den Briefbeschwerer.

»Herr, wenn Sie jetzt nicht augenblicklich mein Zimmer verlassen, dann ...«

Aber der Fremde fasste ihn am Arm und sprach:

»Lassen Sie sehen, Herr – das zerbricht Ihnen in der Hand! Ich liefere Ihnen einen Briefbeschwerer aus schwerem Marmor. Wenn Sie ihn heben ...«

»Jetzt ist meine Geduld zu Ende!«, sagte Michael und drückte auf den elektrischen Taster.

Der Fremde beobachtete ihn, und als der Diener nicht erschien, rief er ironisch:

»Eine gute Klingel haben Sie da! Sehen Sie – das kann Ihnen bei unserer Glocke nicht passieren. Die läutet so schrill, dass das ganze Haus zusammenläuft, Tag und Nacht – in allen Kulturstaaten patentiert, Preis mit Elementen und Montage nur fünfundzwanzig Rubel, einfach geschenkt ...«

Michael packte den Fremden beim Arm:

»Wenn Sie jetzt nicht gehen – ich glaube, mich trifft der Schlag!«

»Sie sollten rechtzeitig für einen Sarg sorgen«, erwiderte kühl der Fremde, »und für ein Leichenbegängnis. Oder ziehen Sie das Krematorium vor?«

Michael stand ohne ein Wort zu sagen auf, packte den Fremden, schob ihn auf den Gang hinaus, sperrte die Tür ab, atmete erleichtert auf:

»Gott sei Dank, er ist draußen!«

Wenige Minuten später öffnete sich die Tür, der Fremde trat ins Zimmer und bemerkte sarkastisch:

»Ihr Schloss taugt nichts. Mit einem einfachen Dietrich zu öffnen – ein sträflicher Leichtsinn! Ich verkaufe Ihnen ein bombenfestes Schloss – zehn Jahre Garantie. Von niemandem zu öffnen, nicht einmal von Ihnen ... Preis bloß fünf Rubel!«

Michael stürzte zum Schreibtisch, riss eine Lade auf, nahm einen Revolver heraus und rief:

»Herr, gehen Sie, oder ich schieße!«

Der Fremde blickte ihn lächelnd an:

»Mit diesem Revolver? Lassen Sie sich nicht auslachen! Total veraltetes System, gehört ins Heeresmuseum! Ich habe einen Revolver, der ...«

Michael packte den Fremden am Kragen und warf ihn glatt zur Tür hinaus. Man hörte jemand stolpern und dann fallen. Wenige Minuten später aber erklang hinter der Tür die Stimme des Fremden:

»Sie haben mir mit Ihren Manschettenknöpfen den Rock zerrissen. Kaufen Sie doch meine Goldin-Patentknöpfe – da kann Ihnen nichts passieren!«

Michael ließ sich erschöpft in einen Sessel fallen und sagte:

»Und dann wundert er sich, dass er die Stiegen hinunterfliegt!«

Der Allerweltsfreund

Eines schönen Tages stattete mir mein Freund Jewropegow einen Besuch ab. Er nahm Platz, kreuzte ein Bein übers andere, rauchte eine Zigarette und begann nach einer längeren Pause:

»Was ich sagen wollte – du kennst doch Demkin? Demkin bat mich, dass ich ihn dir vorstellen sollte.«

»Wer ist Demkin? Ich habe diesen Namen nie gehört!« bemerkte ich skeptisch.

»Du kennst Demkin nicht? Ein lieber Kerl! Ich habe Demkin von dir vorgeschwärmt – also, darf ich ihn hierher führen?«

»Was will der Mann von mir? Soll ich ihn protegieren?«

Jewropegow schaute mich an und brach in ein helles Lachen aus:

»Du denkst sofort, dass jemand eine Bekanntschaft mit dir ausnützen will – nein, Demkin ist ein uneigennütziger Mensch! Ich habe ihm von dir vorgeschwärmt, da sprach er den Wunsch aus, dich kennenzulernen. Das kommt alle Tage vor. Auch seid ihr in gewissem Sinne Kollegen; denn Demkin schreibt in seinen Mußestunden Gedichte – er ist aber auch ein brillanter Gesellschafter, der glänzend Schnurren und Anekdoten erzählt. Seine Witze sind einzig, man kann sich kranklachen – und das ist in einer kritischen Zeit, wie wir sie heute durchleben, Medizin. – Also, darf er kommen?«

»Meinetwegen. Ich bin gespannt, diesen Meister des Witzes kennenzulernen!«

*

Am nächsten Morgen, als ich an meinem neuen Roman arbeitete, wurde an der Eingangstür geläutet. Mascha, das Dienstmädchen, öffnete die Tür. Wenige Augenblicke später hörte ich im Vorzimmer einen heftigen Lärm. Zwei Leute stritten so laut, dass ich in meinem Zimmer jedes Wort verstand.

»Was fürchtest du dich? Tritt nur ein!« sagte Jewropegow.

Eine fremde Stimme aber sagte verlegen:

»Ich habe hier nichts zu suchen. Diesen Awertschenko kenne ich gar nicht. Was wird er von mir denken?«

»Der Hausherr ist mein bester Freund! Er erwartet uns – er freut sich, den Meister der Anekdote kennenzulernen. Also, sei kein Kind und komm!«

Wenige Augenblicke später erschien in meinem Arbeitszimmer Jewropegow mit einem kleinen, schüchternen Herrn, der sich kaum ins Zimmer traute.

»Servus!«, rief Jewropegow. »Da bringe ich dir den Dichter und Meister der Anekdote. Darf ich vorstellen – Herr Demkin – Arkadij Awertschenko!«

Wir schüttelten einander die Hände.

»Sie sind auch Dichter?«, fragte ich nach einer Pause Demkin.

Er schaute mich verzweifelt an und bemerkte:

»Ja – ich schreibe Gedichte, aber nicht für die große Öffentlichkeit, sondern zu meinem privaten Vergnügen. Leider ist noch kein einziges meiner Gedichte veröffentlicht worden!«

»Demkin«, rief nun Jewropegow, »erzähle deine famosen Schnurren und Witze, damit der Hausherr weiß, weshalb man dich den König der Anekdote genannt hat. Geniere dich nicht! Er ist ja auch ein Kollege, auch ein Dichter.«

Demkin schaute mich einen Augenblick an, dann lächelte er leise vor sich hin und erzählte mit tonloser Stimme:

»In ein Wirtshaus kommt ein Kaufmann. Er lässt sich nieder und bemerkt in einem Käfig einen Zeisig. ›Was kostet der Zeisig?‹, fragt er den Wirt. ›Dreißig Rubel!‹, antwortet der Wirt. – Dann ...«

»Schneiden Sie mir ein Stück für ein paar Kopeken ab«, bemerkte ich. »Herr Demkin, dieser Witz ist sehr alt – er hat einen langen, weißen Bart ...«

»So? Dann werde ich einen anderen erzählen: Ein junges Ehepaar geht in ein Theater. Der Mann studiert fleißig das Theaterprogramm und sagt dann zu seiner Frau: ›Herzchen, nach dem ersten Akt müssen wir gehen, denn der zweite spielt ein Jahr später – wir versäumen sonst den Zug!‹«

Obwohl mir dieser Witz bekannt war, lachte ich aus Höflichkeit.

»Ein lustiges Haus!«, bemerkte Jewropegow. »Kein anderer kann so gut Witze erzählen! Wir gehen jetzt zu Petrow. Kommen Sie mit?«

»Leider keine Zeit – ich muss an meiner Novelle arbeiten!«

»Schade. Also auf zu Petrow!«

Demkin schaute verwirrt Jewropegow an und rief:

»Was soll ich dort? Ich kenne Petrow nicht!«

»Das macht nichts. Du wirst ihm deine Witze und Schnurren erzählen – komm, gehen wir!«

*

Eines schönen Tages erfuhr Jewropegow, dass ich eine Reise nach Moskau unternehmen musste. Er suchte mich auf und fragte:

»Du fährst nach Moskau? Wo wirst du in Moskau wohnen?«

»Ich wohne in Moskau im ›Grand Hotel‹. Das Hotel liegt im Zentrum der Stadt, ist vornehm und elegant und die Preise der Zimmer sagen mir zu. Ich bleibe in Moskau nur wenige Tage.«

»Wozu in ein Hotel gehen, wenn man eine Wohnung gratis haben kann? Ich habe in Moskau einen guten Freund, einen Anwalt Nikolaj Polutisow. Ein lieber, netter Kerl! Er wird dir ein Zimmer zur Verfügung stellen. Er wird glücklich sein, einem Freund von mir dienen zu können.«

Er drang so lange in mich, dass ich – der lieben Ruhe wegen – ihm versprach, bei seinem Moskauer Freund abzusteigen.

*

In Moskau angekommen, nahm ich ein Auto und fuhr auf die Twerskaja 15, wo der Freund Jewropegows seine Wohnung hatte. Ich läutete. Eine hübsche, junge Zofe öffnete mir die Türe. Ich gab ihr meine Visitenkarte und ließ mich beim Anwalt anmelden.

Wenige Minuten später führte mich das Mädchen ins Sprechzimmer.

Der Anwalt kam mir entgegen und fragte höflich:

»Womit kann ich dienen? In welcher Angelegenheit kommen Sie zu mir? Handelt es sich um einen Scheidungsprozess? «

»Pardon«, bemerkte ich ein wenig verwirrt, »ich komme aus Petersburg und soll Ihnen Grüße von Ihrem besten Freund Alexej Jewropegow überbringen ...«

Der Anwalt schaute mich an und sagte nach einer Pause:

»Alexej Jewropegow? Wer ist der Herr?«

»Jewropegow sagte mir, dass Sie gemeinsam in Petersburg gebummelt hätten – er sprach von einem tollen Abend in der ›Villa Rode‹.«

»Ja, jetzt entsinne ich mich dieses Vorfalls. – Wir waren in lustiger Gesellschaft in der ›Villa Rode‹ und tranken Sekt. Unweit von uns saß einsam ein Herr. Plötzlich stand der Herr auf, trat auf unseren Tisch zu und stellte sich vor: ›Mein Name ist Jewropegow. Wollen wir Brüderschaft trinken?‹ Ich winkte ab, da entfernte er sich und verließ rasch das Restaurant. Und dieser Mann behauptet, dass ich sein bester Freund sei? Das ist die größte Frechheit, die mir jemals vorgekommen ist!«

Der Anwalt stand auf und reichte mir die Hand. Ich entschuldigte mich, zog mich rasch zurück und verließ mit Windeseile die Wohnung des Anwalts, wobei ich sogar vergaß, dem hübschen Stubenmädchen, das mich hinausbegleitete, ein Trinkgeld zu geben.

Seit jener Zeit weiche ich dem Allerweltsfreund Jewropegow im großen Bogen aus.

Der Herr aus der ersten Reihe

Eines Tages brachte der beste Dramatiker der Stadt sein Stück zur Theaterintendanz. Übrigens war er zugleich auch der schlechteste seiner Art, weil kein anderer dramatischer Schriftsteller in dem Städtchen lebte.

Das Stück war langweilig und schwach. Der Regisseur las es durch, schüttelte den Kopf und sagte zum Direktor:

»Sollen wir diesen Mist aufführen?«

»Wir wollen doch als nächste Novität den ›Sommernachtstraum‹ bringen?« bemerkte der Direktor.

»Was bietet uns der Autor des ›Sommernachtstraums‹? Ist er etwa gar tot?«

»Ja, er ist tot.«

»Hm – dann hat er also keine Freunde, keine Verwandten in unserer Stadt?«

»Nein.«

»Na, sehen Sie. Unser Dramatiker Asralow aber wird alle seine Bekannten, Verwandten, Cousinen und Tanten ins Theater locken. Wir werden zumindest fünf ausverkaufte Häuser haben.«

»Aber das Stück ist schwach.«

»Das weiß ich.«

»Gut – führen wir es also auf.«

So wurde das Stück »Die leidende Dulderin« am Theater angenommen.

*

Als das Publikum im Theater erschien, lenkte sich die allgemeine Aufmerksamkeit auf die erste Reihe.

Dort saß ein biederer, älterer Herr mit struppigem Bart und großen Händen. Er trug einen alten, unmodernen Gehrock und fragte jeden vorbeigehenden Theaterdiener:

»Sag, wann beginnt die Vorstellung?«

»Die Vorstellung beginnt pünktlich um acht Uhr. Jetzt ist es dreiviertel acht.«

»Also um acht Uhr geht der Vorhang hoch?«

»Ja, mein Herr.«

Um acht Uhr sah das Publikum auf der Bühne einen Salon, dessen Rückwand das Innere eines allen Schlosses zeigte.

Die Heldin lag auf einem Sofa, blickte zur Decke und sprach: »Sechsundzwanzig Jahre leiden, und nicht ein einziger Lichtblick – oh, Wladimir, wo ist er jetzt? Irgendwo weit – in der lärmenden Hauptstadt. Und er fühlt nicht, wie ich hier in den Armen des ungeliebten Mannes leide! Dieses Ungeheuer hat mich zugrunde gerichtet.«

Sie nahm ein winziges Taschentuch und wischte sich die Augen ab.

Der Herr aus der ersten Reihe schüttelte bedauernd sein Haupt und seufzte laut, sodass man ringsum die Köpfe nach ihm wandte.

»Ja, so ist das Leben!«, sagte er.

»Ruhe! – Sie stören die Vorstellung!«

»Aber meine Dame – da quält sich ein Mensch und Sie sehen ruhig zu? Das arme Ding!«

»Schweigen Sie!«

Auf der Bühne öffnete sich die Seitentür und ein alter Diener trat ein.

»Gnädige Frau!«, sagte der Diener. »Warum weinen Sie schon wieder?«

»Was willst du, Hippolyt?«, fragte die Heldin.

»Der Herr hat nach Ihnen gefragt. Er will eine Hypothek auf das Gut aufnehmen.«

»Ist er allein auf seinem Zimmer?«

»Nein. Mit der Schnapsflasche. Seit dem frühen Morgen trinkt er Wodka. Wir Diener wissen alles!«

Im Publikum lachte man. Der Herr in der ersten Reihe war begeistert. »Ein lustiger Kerl!«, rief er aus.

»Schweigen Sie!«

»Bitte sehr!«

Die Heldin ging, vom Diener begleitet, durch die linke Tür ab. Die Bühne blieb einen Augenblick lang leer.

»Warum sind sie alle fortgegangen?«, rief nervös der Herr aus der ersten Reihe. Er beruhigte sich aber sofort, als ein eleganter Mann ins Zimmer trat.

»Das ist sicher Wladimir!«, rief er. »Na, jetzt wird der Wirbel losgehen!«

Wladimir begann: »Endlich bin ich hier, in diesen heiligen Räumen, wo sie leidet, wo sie vielleicht an mich denkt! Viele freudlose Jahre! Oh, Ludmilla – wo ist sie? Ah, ich höre Stimmen. Tss – ein rauer Bass und eine zarte, helle Frauenstimme – sie streiten. Das ist gewiss ihr Mann!«

»Gewiss!«, rief der Herr aus der ersten Reihe.

»Schweigen Sie!«

»Bitte sehr!«

Wladimir fuhr fort:

»Wie könnte ich sie wissen lassen, dass ich in ihrer Nähe bin? Ah – eine Idee! Ich werde meine Visitenkarte in ein Taschentuch einwickeln und werde es auf den Diwan legen. Sie wird es finden und alles erraten. Ich werde später wiederkommen. Tss – ich höre Schritte!«

Der junge Mann führte sein Vorhaben aus und lief davon.

Der Herr aus der ersten Reihe schaute gespannt auf die Bewegungen des schönen Wladimir.

Jetzt kam die Heldin mit ihrem Gatten zurück.

»Und ich sage dir, du musst eine Hypothek aufnehmen!«

»Unter keinen Umständen! Es würde uns zugrunde richten.«

»Ah, du weigerst dich?«, rief wütend der Mann. »Wart nur!« Und er packte die Heldin am Arm.

»Lassen Sie mich! Sie tun mir weh – ich schreie! Hilfe! Hilfe!«

Der Herr aus der ersten Reihe stand auf, ging zur Bühne und sagte zum Gatten:

»Herr, gehen Sie nicht zu weit! Verstehen Sie – Herr!«

Im Publikum begann man, zu lachen.

Der Theaterdiener näherte sich dem Herrn aus der ersten Reihe, führte ihn sacht an seinen Platz zurück und sagte:

»Im Theater muss man sich anständig aufführen. Man darf keinen Skandal machen.«

»Skandal? Und das ist kein Skandal? Eine schwache, hilflose Frau wird misshandelt, und alle schauen gleichgültig zu!«

Er schüttelte missmutig den Kopf und setzte sich. Gleich darauf begann er zu lächeln, als er sah, dass der böse Gatte vom eintretenden Diener zurückgehalten wurde.

»Gnädiger Herr – Sie misshandeln neuerlich Ihre Frau. Lassen Sie das!«

Der Herr in der ersten Reihe begann stürmisch zu applaudieren und rief dem Diener zu:

»Bravo, Alter!«

»Werden Sie endlich den Mund halten?«

»Ich schweige ja!«

Der Gatte entfernte sich, die Dame ließ sich auf das Sofa nieder und begann zu weinen. Gedankenlos ergriff sie das Taschentuch Wladimirs und wischte sich die Tränen ab.

Der Herr in der ersten Reihe wurde immer erregter, er wollte der Heldin etwas zurufen, aber als der Theaterdiener sich ihm näherte, hielt er sich zurück und sagte nur halblaut:

»Mein Gott, sie bemerkt die Visitenkarte nicht. Warum macht sie bloß das Taschentuch nicht auf?«

Die Heldin erhob sich weinend und ging auf und ab. Das Taschentuch entfiel ihrer Hand und blieb in der Mitte der Bühne liegen. Sie sagte schmerzlich:

»Braucht er mich denn? Er braucht mein Gut, mein Geld.«

Der Herr aus der ersten Reihe erzitterte, als er das Taschentuch fallen sah. Die Dame hatte den Türgriff schon gefasst, als er sich halb von seinem Sitz erhob und ihr zurief:

»Gnädige Frau, Sie haben Ihr Taschentuch verloren! Heben Sie es auf, sonst ist das Unglück da!«

Die Heldin hörte seine warnende Stimme nicht. Sie lief eilig aus dem Zimmer.

Im Zuschauerraum ertönte Lachen, das immer mehr um sich griff. Man schaute kaum mehr zur Bühne, sondern beobachtete den temperamentvollen Herrn aus der ersten Reihe mit Wohlgefallen.

Neben ihm stand wieder der Theaterdiener und sprach auf ihn ein.

»Herr, beruhigen Sie sich. Man wird Sie sonst zwingen, das Theater zu verlassen.«

»Belästigen Sie mich nicht! Ich wollte die Dame bloß warnen. Sie hat ihr Taschentuch verloren und bemerkt es nicht.«

»Herr, ich sage es Ihnen zum letzten Mal. Verhalten Sie sich anständig!«

Der Gatte trat ein. Er ging suchend im Zimmer umher. Plötzlich bemerkte er das Taschentuch.

»Wie? Was? Dieses Tuch! Eine Visitenkarte! Wladimir? Ah, Verruchte, jetzt hast du dich verraten!«

Er blickte sich wütend um und rief:

»Ludmilla!«

Die Heldin trat ein.

»Also, er ist hier!«, rief der Gatte. »Ich weiß alles. Ihr seid in meiner Hand. Kein Wort der Rechtfertigung! Halt, ich höre Schritte. Setz dich auf den Diwan, und ich werde mich hinter der Portiere verstecken!«

Als Wladimir eintrat, bekam der Herr in der ersten Reihe beinahe einen Tobsuchtsanfall. Er deutete auf die Portiere, er hustete so laut, dass nur ein Tauber keine Gefahr merken konnte.

Aber Wladimir bemerkte nichts.

Er bewegte sich nachdenklich auf und ab, dann hob er sein Haupt, bemerkte Ludmilla und rief:

»Mein Gott – Ludmilla, Täubchen, ich bin zu dir auf den Flügeln der Liebe geeilt. Jetzt liege ich zu deinen Füßen. Warum schweigst du? Liebst du mich nicht mehr?«

Hinter der Portiere erschien der Mann. Er hielt einen Dolch in der Hand, aber Wladimir sah den Mann nicht und wusste nicht, in welcher Gefahr er schwebte.

Für seine Sicherheit sorgte der Herr aus der ersten Reihe. Er sprang auf wie besessen und schrie mit wilder Stimme:

»Wladimir, retten Sie sich! Hinter Ihnen steht der Mann mit dem Dolch. Retten Sie sich!«

Ein Lachsturm durchbrauste das ganze Theater, nur der verlegene Wladimir rief von der Bühne dem Theaterdiener zu:

»Diener, führen Sie den Herrn hinaus!«

»Lasst ihn doch!«, riefen Stimmen aus dem Publikum. »Er amüsiert den ganzen Saal.«

»Polizei!«, rief der Herr aus der ersten Reihe, »man will einen Menschen töten! Polizei!«

Der Vorhang fiel.

Der Theaterdiener führte den Herrn aus der ersten Reihe hinaus.

*

Als der zweite Akt begann, rief eine Stimme:

»Wo ist denn der Herr aus der ersten Reihe?«

»Man hat ihn aus dem Theater gewiesen, weil er die Vorstellung gestört hat«, erwiderte ein anderer.

»Hinausgeworfen? Dann gehen wir.«

Am Ende des zweiten Aktes verließ ein Teil der Zuschauer den Saal, und zu Anfang des dritten waren kaum noch fünfundzwanzig Personen anwesend.

Das Stück fiel durch.

»So ein Lump!«, sagte der Regisseur zum Direktor. »Er hat uns das ganze Stück verdorben.«

»Hm«, meinte der Direktor. »Wenn aber dieser Lump bereit ist, für ein entsprechendes Honorar jeden Tag seine Komödie im Publikum aufzuführen, würden wir mindestens zehn ausverkaufte Häuser haben.«

»Damit wird der Autor nicht einverstanden sein.«

»Na, sehen Sie! Damals sagten Sie, dass ein lebender Dichter besser sei. Hätten wir aber den ›Sommernachtstraum‹ angesetzt, dann könnten wir uns den Spaß erlauben. Auf den Autor brauchten wir dann jedenfalls keine Rücksicht zu nehmen!«

Der Hungerkünstler

»Wer sind Sie?«

»Das ist nicht wichtig.«

»Wer hat Sie zu mir geschickt?«

»Ich bin von selbst gekommen. Draußen hängt doch Ihr Schild.«

»Was wollen Sie?«

»Arbeiten.«

»Was können Sie?«

»Nichts.«

»Was haben Sie früher gemacht?«

»Nichts.«

»Aber man muss doch leben!«

»Ich habe gelebt.«

»Und man muss doch essen.«

»Essen? Das hab' ich nicht getan. Ich habe gehungert. Wenn Sie mich anschauen, müssen Sie das ja selbst sehen.«

Der diese Worte sprach, war ein junger, abgehärmter Bursche mit eingefallener Brust und einem unrasierten, schmalen Gesicht. Der ihn gefragt hatte, war jedoch klein, dick, mit kleinen, dummen Äuglein und abstehenden Ohren.

Das Gespräch fand um elf Uhr vormittags im Gebäude des Panoptikums statt, das dem kleinen, dicken Herrn Charles, einem Bauchredner und Zauberkünstler, gehörte. Herr Charles stützte sich in diesem Augenblick auf den Glasschrank, in dem ein schwer atmender, sterbender Türke lag. Der Gast lehnte sich an die Büste des Mädchenmörders Hugo Schenk und fragte interessiert:

»Wozu atmet der Türke? Es ist doch kein Publikum da. Stellen Sie nicht den Mechanismus ab?«

»Sie haben recht!«

Und der Besitzer des Panoptikums neigte sich zum Türken und stellte mit sicherem Griff die Leiden des Sterbenden ein.

»So! Und jetzt kehren wir zu unserem Gespräch zurück.« Er sah den Burschen an, dachte einen Augenblick lang nach und sagte: »Wenn Sie wollen, werde ich Sie nach Art der indischen Fakire schneiden oder durch Ihre Zunge Nadeln stechen. Das ist überaus spannend und wird zweifellos einige volle Häuser machen.«

»Hm, das hätte keinen Zweck. Ich suche eine leichtere Arbeit. Ich habe doch schließlich zwei Klassen Volksschule hinter mir.«

»Ich weiß nichts Leichteres. Erinnern Sie sich doch – irgendwas müssen Sie in Ihrem Leben doch getan haben?«

»Nur eines: gehungert!«

»Dann hungern Sie weiter!«, rief voll Wut der Besitzer des Panoptikums. »Hungern Sie nur weiter!«

»Das werde ich auch«, erwiderte gleichmütig der Bursche. »Ich pfeif auf Ihre Arbeit. Mit mir werden Sie nicht schreien. Das kann ich auch. Lieber hungere ich vierzig Tage, als dass ich mir so was gefallen lasse!«

»Gestatten Sie«, sagte plötzlich Herr Charles. »Können Sie wirklich vierzig Tage hungern?«

»Ich glaub' schon!«

»Lieber Freund, wir können ein Geschäft machen. Ich zahle Ihnen, wenn Sie vierzig Tage hungern, tausend Rubel. Außerdem erhalten Sie von jeder verkauften Karte fünf Kopeken.«

»Bloß fünf Kopeken?«, rief der Bursche. »Unter zehn Kopeken ist die Sache nicht zu machen!«

»Hm, ja. Aber ich bitte Sie, zur Kenntnis zu nehmen, dass Sie bloß ein Glas Wasser täglich erhalten. Sonst nichts. Meine Bedingungen sind: Sie werden in einen Kasten gesteckt, dessen Wände aus Glas sind. Der Kasten wird von der Polizei amtlich versiegelt und Sie bleiben vierzig Tage drin.«

»Lassen Sie mich wenigstens in der Nacht aus dem Kasten.«

»Sind Sie wahnsinnig geworden? Wenn ich Sie nachts aus dem Kasten lasse, wo bleibt da die Kontrolle? Dann ist es ja uninteressant.«

»Nur eine Bedingung – bevor ich mich in den Kasten lege, muss ein anständiges Abendessen her.«

»Was denken Sie? Im Gegenteil. Gleich jetzt müssen Sie zu hungern anfangen, sonst gewöhnen Sie sich nicht daran. Das Publikum muss außerdem auf den ersten Blick sehen, dass Sie ein Hungerkünstler sind.«

»Was verstehen Sie vom Hungern?«, schrie wild der Bursche.

»Beruhigen Sie sich. Ich bin nicht so. Wenn essen, dann essen. Wenn hungern, dann hungern. Sie werden mit mir zufrieden sein.«

»Schön. Machen wir den Vertrag. Und jetzt noch ein Plakat, dass die Leute den Mund aufreißen, wenn sie es zu sehen kriegen.«

*

Das Publikum blieb neugierig stehen.

Vor dem Panoptikum hingen bunte Riesenplakate, auf den geschrieben stand:

Mit Erlaubnis der Behörde

wird in dem bekannten Panoptikum des Zauberkünstlers Herrn Charles eine Reihe von sensationellen Vorstellungen unter der Devise stattfinden:

»Das Wunder des Organismus«
oder:
»Ich esse gar nichts«

Eine wissenschaftlich interessante Vorführung des Nichtessens, das durch den berühmten assyrischen Hungerkünstler MacTschanbok produziert wird.

Mr. MacTschanbok interessiert gegenwärtig alle wissenschaftlichen Kreise Europas. Er ist das größte Geheimnis der Welt.

Vierzig Tage und vierzig Nächte wird er in einem Glaskasten hungern. In Gegenwart des verehrlichen Publikums wird die Polizei den Kasten versiegeln. Das Publikum übernimmt selbst die Kontrolle.

Die Direktion des Panoptikums ersucht, da Mr. MacTschanbok nur Assyrisch spricht, keine Anfragen an den Künstler zu stellen, denn erstens versteht er sie nicht, und zweitens haben Lärm und jegliche Belästigung einen gewissen Einfluss auf die Nerven des Hungerkünstlers, unter dem seine Produktion leiden könnte.

Kinder und Militär bis zum Feldwebel zahlen die Hälfte.

Heute Abend acht Uhr wird Mr. Tschanbok versiegelt!

Um zahlreichen Besuch bittet die Direktion.

*

Eine dichte, erregte Menge umringte den Glaskasten, in dem sich Mr. Tschanbok langsam niederließ. Er spannte seine hagere Brust im rosa Trikot, das ihm Herr Charles angezogen hatte, und winkte.

»Schließt den Deckel«, sagte Herr Charles. »Der wissenschaftliche Akt hat begonnen!«

Das Orchester, bestehend aus einer Geige, einem Pianino und einer Jazztrommel, spielte einen bravourösen Marsch. Das Publikum klatschte Beifall.

Der Assyrer zog die Brauen zusammen und überlegte, wie er sich setzen sollte. Bald stützte er sein unrasiertes Kinn auf die Hände, bald legte er sich an die Wand und umfasste die Knöchel mit seinen Fingern. Das Publikum schaute ihn wie einen seltsamen Fisch im Aquarium an.

»Hm, er atmet!«, sagte ein Gymnasiast.

»Dummkopf, warum soll er nicht atmen?«, erwiderte ein Mann.

»Wie lange sitzt er schon?«

»Achtzehn Minuten.«

»Tatsächlich – isst er nichts?«

»Großartig! So kann auch ich nichts essen.«

Eine junge Dame machte ein unzufriedenes Gesicht:

»Er sitzt bloß? Sonst macht er nichts?«

»Was heißt das: Macht nichts? Er hungert ja!«

»Aber er könnte dabei singen und tanzen!«

»Im Glaskasten, Fräulein? Er hungert. Wie kann da ein Mensch singen?«

»Sie haben recht. Wann bekommt er Wasser, Herr Charles?«

»Morgen um dieselbe Zeit. Bitte, uns durch Ihren Besuch zu beehren.«

Das Publikum schaute noch eine Weile den Assyrer an, der indes eingeschlummert war. Dann verließ es nach und nach den Schauplatz. Bald war das Panoptikum leer. Nur der verwundete Türke, dessen Mechanismus in der Eile nicht abgestellt worden war, atmete schwer, und die grüne Schlange in der Hand der Kleopatra bewegte ihr Köpfchen nach rechts.

*

Mitten in der Nacht öffnete Herr Charles die Tür des Panoptikums und schaute sich seinen Assyrer, der ihm einen Goldregen bringen sollte, noch einmal an.

Das Licht der Lampe fiel auf den Hungerkünstler. Er zuckte mit den Wimpern und öffnete dann langsam die Augen.

»Wer ist das? Ach Sie, Herr Charles!«

»Mein Lieber, ich bin nur gekommen, um zu sehen, ob alles in Ordnung ist. Schlaf ruhig weiter. Gute Nacht.«

Der Assyrer streckte sich und sagte dann:

»Eigentlich ist nicht alles in Ordnung.«

»Was denn?«

»Ich will essen.«

»Nun, dazu hast du noch Zeit. Nur noch neununddreißig Tage. Gedulde dich ein wenig.«

»Sie können leicht reden – gedulde dich ein wenig. Sie haben sicher ein gutes Nachtmahl gegessen, und ich hab' seit dem Morgen nichts im Magen. Wie spät ist es eigentlich?«

»Drei Uhr nachts. Schlaf, mein Lieber. Ich gehe.«

Er verdeckte die Laterne und wollte die Tür hinter sich schließen, als er ein Pochen am Glaskasten hörte. Die Stimme des Assyrers rief energisch:

»Herr Charles!«

»Was gibt es?«

»Ich will essen. Ich hab' mir die Sache überlegt. Lassen Sie mich aus dieser Mausefalle. Ich will was anderes unternehmen.«

Der Panoptikumbesitzer sah im Geist den Goldregen entschwinden. Er griff sich verzweifelt an den Kopf und rief:

»Du Lump! Du willst mich zugrunde richten! Ich hab'
bereits Plakate für die ganze Stadt drucken lassen – alles
spricht von dir. Nein. Du bleibst im Kasten.«

»Ich will essen«, sagte der Hungerkünstler.

»Weshalb hast du mich dann zum Besten gehalten?
Warum hast du gesagt, dass du hungern kannst.«

»Ich hab' mir die Sache überlegt. Ich hab' doch das
Recht dazu, nicht wahr? Es gibt keine Sklaven mehr.
Gegen seinen Willen kann man niemanden in einen
Glaskasten sperren. Wenn Sie mich nicht freiwillig hin-
auslassen, mache ich morgen, wenn das Panoptikum
voll ist, einen derartigen Krach, dass Sie an mich denken
werden ...! Nun?«

Charles ging wütend zum Glaskasten, riss die Siegel
herunter, nahm den Holzdeckel ab und rief:

»Kriech heraus, du Lump!«

Der Hungerkünstler kroch schweigend aus dem Kasten
und sagte nach einer Weile: »Hab' ich gewusst, dass es
so enden wird? Ich hab' eben gedacht, dass ich es aus-
halte! Also rechnen wir ab. Für einen Tag hungern fünf
Rubel und für die Eintrittsgelder zehn Kopeken pro Person – sagen wir zusammen, da ich nicht die ganze Nacht
gehungert habe, fünfzig Rubel!«

»Hinaus!«, rief der Panoptikumbesitzer wild.

»Herr Charles«, sagte der Hungerkünstler. »Ich liebe
solche Scherze nicht. Haben Sie nichts zu essen? Mein
Magen ist leer, wie Sie wissen.«

Auf dem Tisch standen die Reste des Abendessens, das
Herr Charles mit dem Polizeioffizier verzehrt hatte. Ein

Schinken, eine halbe Gans und fünfzehn Eier ... Der Hungerkünstler packte die Gans, zerriss sie in Stücke, und in fünf Minuten war sie in seinem Schlund verschwunden.

Herr Charles stand da und schaute voll Staunen und Schrecken zu.

Dann griff der Hungerkünstler nach dem Schinken, und mit einigen Bissen war auch der verschwunden. Ebenso ging es den Eiern.

Der Panoptikumbesitzer ließ sich vor Schrecken auf den Sessel nieder und fragte:

»Essen Sie immer so viel?«

»Hm – immer, wenn ich hungrig bin.«

»Und wann sind Sie hungrig?«

»Immer.«

»Mein Lieber«, rief Herr Charles strahlend, »wir werden unseren Kontrakt nicht zerreißen, wir werden ihn nur abändern. Ich werde Sie als berühmten Fresssack demonstrieren.«

»Und die Plakate?«, fragte der Hungerkünstler kauend.

»Ich werde sagen, dass ich mich in Unkenntnis der assyrischen Sprache geirrt habe und dass Sie in Wahrheit ein Fresskünstler sind. Können Sie an einem Abend fünfundzwanzig Semmeln und eine gebratene Gans aufessen?«

»Hm«, meinte der Hungerkünstler, »Sie könnten noch einige Würste und zehn Eier dazugeben ...«

»Mein Retter!«, rief Herr Charles und stürzte an seinen Hals. »Das wird noch viel mehr Aufsehen erregen als das Hungern!«

»Schade nur, dass es so spät ist«, murmelte der Bursche.

»Warum?«

»Man hätte sonst gleich mit der Demonstration beginnen können, nicht wahr? Wenn man schon einmal seinen richtigen Beruf gefunden hat ...«

Der Intrigant

Lidotschka saß auf dem Sofa und lehnte sich an die Schulter eines jungen Mannes, der in sie verliebt war. Dieser junge Mann, ein gewisser Mastakow, schaute sie zärtlich an. Lidotschka streichelte seinen Arm und rief:

»Ach, wenn du wüsstest, wie ich dich liebe! Nein, du kannst dir gar nicht denken, wie ich dich liebe. Ich würde meine Zukunft, meine Familie, mein Leben für dich opfern!«

Mastakow schüttelte traurig den Kopf und sagte:

»Du weißt doch, Lidotschka, dass alle nur einen Wunsch haben – uns auseinanderzubringen!«

»Um keinen Preis der Welt«, sagte Lidotschka. »Nichts kann uns trennen. Wenn die Mutter mich auch verflucht – ich werde deine Frau! Ich gehe mit dir. Wenn man mich in ein Gefängnis sperrt, werde ich die Gitter zersägen und zu dir kommen.«

Mastakow war tief gerührt.

»Liebst du mich wirklich?«, fragte er. »Ich weiß, dass man mich in deinen Augen schlecht machen will, dass man dir garstige Sachen über mich erzählt ...«

Lidotschka unterbrach ihn.

»Lass sie reden, was sie wollen! Mama sagt, dass dir die Frauen nachlaufen – wundert mich das? Du bist doch der Schönste und Beste von allen.«

Mastakow sah auf die Uhr, stand auf und rief:

»Ich muss gehen, Lidotschka. Aber ich bin bald zurück.«

Lidotschka begleitete ihn zur Tür, küsste ihn nochmals und sprach: »Ich werde die ganze Zeit nur an dich denken. Nur an dich!«

Als er das Zimmer verlassen hatte, trat ihre Mutter ein und sah Lidotschka böse an.

»Ist er fort?«, rief sie.

»Ja, er ist fort.«

»Schon recht. Dieser verdorbene Tunichtgut ...«

»Ich verbiete Ihnen, so von ihm zu sprechen!«

»Spricht man so mit seiner Mutter? Darf man zu ihr sagen: Ich verbiete dir? Das habe ich erleben müssen!«

Die Mutter setzte sich und begann zu weinen. Lidotschka ging auf und ab, dann schlug sie die Tür hinter sich zu. Einige Augenblicke später ertönte ein Klopfen, und ein lustiger, junger Mann, Maxim Petrowitsch, eilte ins Zimmer. Er begrüßte die alte Dame in liebenswürdiger Weise, küsste ihre Hand und rief:

»Was sehe ich – Sie haben geweint! Warum, Mamachen? Vom Weinen hat man weder Nutzen noch Vergnügen. Ich bin ein Genussmensch, ich bin ein Realist und kenne das Leben, glauben Sie mir!« Er lachte.

Die Dame wischte ihre Tränen ab und sagte:

»Maxim Petrowitsch – Sie verstehen das Leben, aber ich bin doppelt so alt und verstehe es nicht. Sagen Sie mir aufrichtig: Ist Mastakow der richtige Mann für meine Tochter?«

Maxim Petrowitsch machte eine abwehrende Bewegung.

»Gewiss nicht.«

»Das sage ich auch. Aber Lidotschka will nichts davon wissen. Ich habe versucht, ihr seine Schattenseiten zu schildern, ich habe sie darauf aufmerksam gemacht, dass – ach, es hilft alles nichts!«

Maxim Petrowitsch begann zu rauchen und ging nachdenklich im Zimmer umher. Dann blieb er stehen:

»Was haben Sie ihr erzählt?«

»Dass er ein Kartenspieler ist. Dass die Frauen ihm nachrennen und dass auch er ihnen nachläuft wie ein Don Juan.«

Maxim Petrowitsch schlug die Hände zusammen.

»Aber Mamachen! Sind Sie von Sinnen! Sie waren doch selbst ein junges Mädchen! Wissen Sie wirklich nicht, dass ihn all das nur interessanter macht, und dass Lidotschka jetzt nur noch mehr an ihm hängen muss? Verzeihen Sie, Mamachen, aber das haben Sie leider ganz verpatzt!«

Die alte Dame schaute ihn erstaunt an.

»Ich dachte ...«

»Nein, so richtet man nichts aus! Was ist das, ein Tunichtgut, ein Kartenspieler? Das ist doch ein reizvoller Mensch! Auch Hermann in der Oper ›Pique Dame‹ ist ein Kartenspieler, und wie wird er geliebt! Jetzt wird Lidotschka stolz darauf sein, dass ihr Mann ein Spieler und Frauenliebling ist. Keine kann ihm widerstehen, aber nur ihr gehört er! Nein, Mamachen, das muss man anders machen. Ich werde es in die Hand nehmen, verlassen Sie sich auf mich.«

Die alte Dame blickte ihn dankbar an.

»Ich bin ein Freund Ihres Hauses. Es ist nur meine Pflicht«, bemerkte Maxim Petrowitsch. »Ist Lidotschka daheim? Sagen Sie ihr doch, dass ich mit ihr sprechen will.«

Die Mutter verließ das Zimmer. Maxim Petrowitsch begann, ein Liedchen zu pfeifen. Nach einer Weile trat Lidotschka schlecht gelaunt ein. Er begrüßte sie, aber sie erwiderte nur:

»Danke, mir geht es schlecht.«

Maxim Petrowitsch lächelte:

»Wahrscheinlich, weil Mastakow nicht hier ist. Ja, dieser Mastakow! Ich liebe ihn wie keinen zweiten! Er ist ein ganz ausgezeichneter Mensch!«

Lidotschka warf ihm einen freundlichen Blick zu.

»Ich danke Ihnen, lieber Max. Alle anderen schimpfen nur auf ihn! Mir tut das sehr weh.«

Maxim Petrowitsch trat auf sie zu und fasste ihre Hand.

»Liebes Kind, über Mastakow wird viel Schlechtes gesprochen. Aber das sind lauter Lügen. Ich kenne ihn wie mich selbst, er ist ein besonderer Mensch. Am meisten empört es mich, wenn man sagt, dass er ein Verschwender ist und mit dem Gelde herumwirft. Mastakow, der mit jedem Fiaker zuerst eine halbe Stunde handelt, ehe er mit ihm fährt! Dreimal geht er fort und kommt dreimal zurück. Das alles wegen ein paar Kopeken! So ein Verschwender möcht' ich auch sein ...«

Lidotschka machte große Augen und rief:

»Aber wenn er mit mir fährt, handelt er nie!«

Maxim Petrowitsch lachte:

»Wer wird denn in Gegenwart einer Dame handeln? Nachher kommt er dann zu mir und weint, weil er dem Fiaker fünfzig Kopeken zu viel gegeben hat. Er ist eben ein besonderer Mensch. Wenn er abends mit der Wirtschafterin rechnet, macht er ungewöhnlich Szenen. ›Heute‹, sagt er, ›hast du fünfundzwanzig Kopeken für Streichhölzer aufgeschrieben und gestern haben sie bloß dreiundzwanzig gekostet. Sag mir, wo sind die zwei Kopeken?‹ – Ich beneide ihn darum, dass er so sparsam ist.«

Lidotschka biss sich auf die Lippen.

»Mir hat er oft Blumen gebracht! Dort steht noch ein Strauß von ihm. Weiße Rosen und Mimosen!«

»Ich weiß, er hat es mir erzählt. Die vier Rosen kosten zwanzig Rubel und die zwei Mimosenbüschel vierzig

Rubel. Er hat sie in verschiedenen Blumenhandlungen gekauft. In der einen waren die Mimosen um fünf Rubel billiger ... Er ist auch sonst wie ein Amerikaner. Seine Kragen sind aus Gummi, jeden Tag putzt er sie selbst mit einem Radiergummi. Er hat recht. Das wird einmal ein Mustergatte! Wie glücklich wird das Mädchen, das ihn zum Mann bekommt.«

»Weshalb spart er denn so?«, fragte Lidotschka schnippisch. »Er verdient doch eine hübsche Menge Geld!«

»Mein Gott!«, rief Maxim Petrowitsch entschuldigend. »Mastakow ist ein junger Mann, sein Herz ist nicht aus Stein, und die Frauen sind, verzeihen Sie, Lidotschka, dumm! Ich hab' sie oft gefragt: ›Warum gefällt Ihnen Mastakow nicht?‹ Jede hat die Nase gerümpft. ›Er ist nicht sehr appetitlich‹, sagen sie. ›Er hat oft schmutzige Hände.‹ Als ob es darauf ankäme! Dafür hat er doch eine schöne Seele! Na, er hat mir versprochen, jetzt öfters ins Bad zu gehen. Er ist eben eine so ausgesprochene Individualität. Er beißt Nägel und hat Hühneraugen. Ich sage ihm oft: ›Lass sie dir wegschneiden.‹ Aber er erwidert: ›Sie sollen nur wachsen, Gott mit ihnen!‹ Ja ... er hat eine herrliche, reine Seele!«

Gleich darauf kam Mastakow zurück. Sein Gesicht strahlte, in der Hand hielt er eine Bonbonniere. Er ging auf Lidotschka zu, drückte ihre Hand und sagte:

»Erlauben Sie, dass ich Ihnen diese Bonbons überreiche. Zu meinem größten Bedauern waren die Konditoreien schon gesperrt, und ich musste die Bonbons in einem kleinen Delikatessengeschäft kaufen.«

Lidotschka griff unwillig nach der Schachtel. »Sicher sind sie dort billiger gewesen«, bemerkte sie nebenhin.

Mastakow war verblüfft. »Ich weiß wirklich nicht, Lidotschka ...«, sagte er. »Ich versichere Ihnen ...«

Sie blickte ihn zornig an und erwiderte: »Was wollen Sie eigentlich? Überhaupt bin ich für Sie keine Lidotschka.«

Mastakow murmelte entgeistert: »Was ist denn geschehen? Hat man mich bei Ihnen verleumdet? Und ich habe mich so geeilt, um rasch zurückzukommen ...«

»Sie haben den Kutscher gehetzt, damit die Fahrt weniger kostet«, sagte Lidotschka bitter. »Und jetzt lassen Sie mich in Ruhe. Alle sollen mich in Ruhe lassen – ich bin so unglücklich.« Dann sank sie auf das Sofa und versteckte ihr Gesicht in den Kissen.

Mastakow sah sie gequält an. Aus der Ecke trat Maxim Petrowitsch vor, ging auf Lidotschka zu und sagte:

»Sie sind im Unrecht, liebes Kind. Sie stoßen einen edlen Menschen von sich. Es ist meine Pflicht, Ihnen zu sagen: Sie werden nie einen besseren Mann finden als Mastakow. Er ist häuslich, er weiß, wo man Gemüse und Zwiebeln kauft, er kennt die Quellen, um billiges Fleisch zu bekommen, kein Dienstmädchen wird Sie betrügen, wenn Sie ihn geheiratet haben. Ich finde, Sie handeln töricht, ihn von sich zu stoßen.«

»Hinaus!«, rief Lidotschka unter Tränen. »Ich will keinen von euch wiedersehen. Ich habe genug von euch beiden. Hinaus!«

»Es hilft nichts«, sagte Maxim Petrowitsch mit einem Seufzer. Dann nahm er Mastakows Arm und ging langsam mit ihm zur Tür. »Wir müssen gehen«, murmelte er. »Es ist alles verloren – wir werden Lidotschka nicht wiedersehen.« Und er führte den gebrochenen Mastakow hinaus und die Treppe hinunter.

*

Vier Wochen später hielt Petrowitsch um Lidotschkas Hand an und wurde nicht abgewiesen.

Der Maler und sein Bild

Der berühmte Maler Petrow entschloss sich, ein Bild zu malen.

»Weißt du«, sagte er zu seinem Freund, dem Bildhauer, »das Sujet ist Folgendes: Eine nackte, von der Sonne ausgebrannte Steppe, am Wege ein Bauernkarren, ein zusammengebrochenes Pferd, neben dem Pferd ein Bauer mit verzweifeltem Gesicht. Das Bild soll ›Der Tod des Freundes‹ heißen.«

»Die Idee ist nicht übel«, sagte der Bildhauer, »hast du das Bild schon begonnen?«

»Noch nicht, ich brauche Leinwand. Früher war das ganz einfach, man ging in einen Laden, der Malerrequisiten führte, und holte sich die Leinwand.«

»Heute ist es auch ganz einfach. Geh in die Zentralstelle zur Verteilung von Leinwand und besorge sie dir dort.«

»Schön, ich werde gehen!«

*

Als der Maler in der Zentralverteilungsstelle erschien, fragte ihn der Angestellte:

»Was wünschen Sie?«

»Ich brauche Leinwand!«

»Wozu brauchen Sie Leinwand?«

»Ich will ein Bild malen.«

»Was für ein Bild?«

»Ein gewöhnliches Bild. Bekomme ich die Leinwand oder nicht?«

»Wie viel brauchen Sie?«

»Zwei Arschin!«

»Was, so viel? Das sind doch 1400 Millimeter!«

»Bekomm' ich sie oder bekomm' ich sie nicht?«

»Sie werden sie bekommen, bitte mir aber vorher Ihr Arbeitsbuch zu geben.«

»Woher soll ich ein Arbeitsbuch haben, wenn ich ein Maler bin?«

Der Angestellte lächelte und rief: »Das hätten Sie sofort sagen sollen. Ich darf nur mit Arbeitsbuch Ware ausfolgen.«

»Wo bekommt man so ein Arbeitsbuch?«, fragte nervös der Maler.

»Im Arbeitskommissariat. Gehen Sie dorthin, nehmen Sie ein Buch, und Sie bekommen sofort Ihre Leinwand.«

*

Der Maler erschien im Arbeitskommissariat.

»Ich bitte um ein Arbeitsbuch!«

»Was, sind Sie vielleicht ein Schlosser?«

»Warum ein Schlosser? Ich bin ein Maler, ich male Bilder.«

»Auch eine Kunst, Bilder malen – das kann jeder.«

»Bekomme ich ein Arbeitsbuch oder nicht?«

»Womit malen Sie Ihre Bilder?«

»Mit Farben, mit Öl.«

»Schmeckt es gut?«

»Was?«

»Das Öl!«

»Weiß der Teufel, ich hab' es nicht gekostet.«

»Die Menschen haben nichts zu essen, und Sie verschwenden Öl?«

»Bekomme ich mein Arbeitsbuch?«

»Aber selbstverständlich, nur müssen Sie vorher vom Proletkult eine Bestätigung bringen, dass dies für den Staat nützlich ist.«

*

Der Maler pilgerte zum Proletkult. Wandte sich direkt an den Kommissar:

»Ich bitte um eine Bestätigung zur Erlangung eines Arbeitsbuches, damit ich Leinwand bekomme. Ich bin ein Maler.«

»Schön, und was wollen Sie malen?«

»Eine Steppe, einen Karren, daneben ein gestürztes Pferd und einen Bauern mit gesenktem Kopf. Das Bild soll ›Der Tod des Freundes‹ heißen.«

»Weshalb ist das Pferd gestürzt?«

»Weil es nichts zu fressen hatte.«

»Ich würde Ihnen raten, das Sujet zu verändern. Den Bauern ziehen Sie als Arbeiter an, und zu seinen Füßen soll der Kapitalist liegen!«

»Gestatten Sie, das ist doch ein anderes Sujet.«

»Gar kein anderes, es wird nur der Karren fehlen. Wer braucht einen Karren? Zeichnen Sie lieber das Innere einer Fabrik.«

»Aber die ausgebrannte Steppe ...«, bemerkte der Maler.

»Ausgebrannte Steppe, Dürre – ja, da müssen Sie sich an die Kommission zur Bekämpfung der Dürre wenden, und wenn die nichts dagegen hat ...«

*

Der Maler landete bei der Kommission zur Bekämpfung der Dürre.

»Was wünschen Sie?«

»Ich brauche eine Bestätigung, dass Ihr Amt nichts dagegen hat, dass ich auf ein Bild einen Karren male, der in einer ausgebrannten Steppe steht. Ich benötige das zur Erlangung eines Arbeitsbuches, da ich sonst keine 140 Zentimeter Leinwand erhalte, um diesen Karren in der Steppe zu malen.«

»Ich verstehe kein Wort. Gehen Sie auf Zimmer 67.«

*

Der Maler erschien auf Zimmer 67.

»Was wünschen Sie?«

»Bitte, geben Sie mir eine Bestätigung, dass Sie nichts dagegen haben, dass auf meinem Bilde ein Karren in einer ausgebrannten Steppe steht. Ich brauche das zur Erlangung eines Arbeitsbuches, um dann Leinwand zu bekommen.«

»Das ist zu kompliziert. Wenn Sie wollen, lasse ich Sie von Ihrer Frau scheiden. Hier ist das Scheidungsamt. Eine einfache Formalität. Wie heißen Sie?«

»Aber ich bin ja gar nicht verheiratet.«

»Wozu sind Sie dann überhaupt hierhergekommen? Gehen Sie auf Zimmer 84. Dort wird man alles erledigen.«

*

Zimmer 84.

Der Maler ließ sich erregt im Sessel nieder.

»Was ist passiert? Beruhigen Sie sich!« bemerkte der Beamte.

»Erlauben Sie mir einen Karren ...«

»Was für einen Karren? Als Leiter der Holzverteilungsstelle kann ich Ihnen eine Anweisung an die Zentrale geben, diese wird die Organisation anfragen und ...«

»Aber wozu brauche ich die Holzverteilungsstelle? Ich brauche Leinwand?«

»Sie brauchen Leinwand? Ja, lieber Freund, dann müssen Sie zur Zentralstelle zur Verteilung von Leinwand gehen, dort wird alles schnell erledigt werden, gehen Sie, gehen Sie!«

*

Mitten auf der Straße stand ein Mann, stützte sich an einen Laternenpfahl und weinte. Ringsherum stand eine große Menge.

»Warum weint er denn?«

»Er will Leinwand haben.«

»Jetzt, wo man keine Leinwand bekommt? Und deshalb regt er sich so auf?«

»Ich weiß es nicht.«

»Sicher hat er jemand bei einem Eisenbahnzusammenstoß verloren.«

Der Maler rief nervös: »Die Steppe, der Karren!«

»Ah«, sagt jemand aus der Menge, »sicher war seine Frau im Karren und ist vom Zuge überfahren worden.«

Der Mond war aufgegangen, der Abend brach an, und der Maler stand noch immer da. Dann ging er müde nach Hause und nahm am nächsten Tag einfach sein Hemd, um darauf sein Bild zu malen.

Als das Bild ausgestellt wurde, bekam es vom Proletkult den ersten Preis.

Der Mann unter dem Bett

Kuroslepow ging ins Theater. Infolge einer Erkrankung der Primadonna wurde die Vorstellung abgesagt, und er kam statt um elf Uhr um acht nach Hause. Seine Frau begegnete ihm außergewöhnlich freundlich, das ließ ihn aber ganz kalt. Er schaute sich nach rechts und links um und sagte finster:

»Wessen Fuß ist dort unter dem Bett?«

»Das ist kein Fuß«, antwortete seine Frau lachend, »das sind deine Schuhe, die du unters Bett geworfen hast.«

»Du glaubst, dass es meine Schuhe sind? Schön. Ich werde gleich eine Kugel in den Absatz feuern.«

Unter dem Bett ertönte ein sonderbares Räuspern, und wie ein Krokodil kroch ein junger Mann hervor.

»Sie sind ja voller Staub«, sagte Kuroslepow. »Wer sind Sie eigentlich?«

Der junge Mann schwieg.

»Weshalb schweigen Sie? Antworten Sie! Ich glaube, ich habe das Recht, Sie zu fragen! Entweder sind Sie ein Dieb oder der Hausfreund oder ein Wahnsinniger!«

Darauf beschloss der junge Mann, die Rolle eines Wahnsinnigen zu spielen. Er sprang dreimal in die Höhe, hüpfte auf einem Bein und breitete die Hände aus.

»Was haben Sie?«, fragte erstaunt Kuroslepow.

»Ich bin ein Vogel. Ich fliege.«

Die Frau Kuroslepows begann zu lachen.

»Da gibt es nichts zu lachen«, sagte der junge Mann, »es ist eine Sünde, sich über Kranke lustig zu machen.«

»Also, Sie sind ein Irrsinniger?«, sagte Kuroslepow.

»Ich bin ein Vogel! Ich fliege! Öffnen Sie das Fenster, und ich werde davonfliegen.«

»Sehen Sie«, sagte der Mann, »wenn ein Vogel ins Haus fliegt, so sperrt man ihn in einen Käfig. Ich werde Sie einsperren lassen. Übrigens sind Sie vielleicht gar kein Wahnsinniger?«

»Doch!«, sagte der junge Mann und schaute erschreckt auf den Stock, den Kuroslepow in der Hand hielt. »Ich bin ein stiller Narr.«

»Das kann nur der Psychiater feststellen. Katja: Telefoniere sofort an das Irrenhaus, es sollen ein Arzt und zwei Diener kommen. Rasch!«

»Schicken Sie mich lieber nach Hause«, sagte der junge Mann. »Ich bin ein stiller Narr ... Ich stehe in häuslicher Pflege.«

»Nein! Das ist eine Gefahr für die ganze Stadt.«

Man wartete lange auf den Arzt. Der junge Mann stand in der Ecke und markierte von Fall zu Fall den Flug eines Vogels.

Endlich erschien der Arzt mit den zwei Dienern.

»Wo ist der Kranke?«, fragte er rasch.

»Dort steht er. Ich kam etwas früher nach Hause und fand ihn unter dem Bett meiner Frau. Ich fragte ihn, wie er dort hingekommen sei, und er antwortet mir: ›Ich bin ein Wahnsinniger! Ich bin ein Vogel!‹ Herr Doktor, untersuchen Sie ihn!«

Der Doktor warf einen Blick auf die junge Frau und auf den jungen Mann. Er erfasste richtig die Situation, und da er zu Hause eine junge Frau hatte, dachte er, dass auch er einen Fuß unter dem Bett entdecken könnte. Er war wütend gegen junge Leute, die verheiratete Frauen verführen, und besonders gegen den Missetäter, der ihm gegenüberstand.

»Gehen Sie ins Kabinett«, sagte er schroff, »ich werde Sie untersuchen!«

Im Kabinett entschloss sich der junge Mann, eine andere Rolle zu spielen. Er kreuzte die Hände auf der Brust und sagte zum Arzt:

»Mensch, wenn du ins Paradies kommen willst, so melde dich bei mir. Ich habe die Schlüssel.«

»Dann bist du der heilige Petrus?«, sagte der Arzt.

»Du hast es erraten«, antwortete der junge Mann.

»Mich interessiert nur eines: Wie konnte Petrus unters Bett kommen?«

»Gottes Wege sind unergründlich!«

»Genug!«, rief nervös der Arzt. »Zieht ihm die Zwangsjacke an!«

»Gestatten Sie«, sagte erblassend der junge Mann, »was heißt das? Sie haben kein Recht ...«

»Sie werden gleich sehen, was für ein Recht ich habe! Ich werde Sie in die Isolierzelle einsperren lassen ... Ich werde kaltes Wasser auf Ihren Kopf fließen lassen.«

»Ich bin verloren«, dachte der junge Mann, und versuchte, sich aus den Händen der Diener zu befreien.

Es entwickelte sich ein schwerer Kampf, während dessen die Diener ihm die Hände hielten, dabei wurde er ziemlich stark geprügelt. Der Arzt schaute mit sichtlichem Vergnügen zu.

»Doktor, lassen Sie mich frei! Ich werde die Wahrheit sagen!« rief der junge Mann fast weinend.

»Schön! Lasst ihn los! Nun?«

»Ich bin kein Wahnsinniger.«

»Wie kamen Sie in ein fremdes Haus unters Bett der Frau?«

»Herr Doktor! Der Kampf um die Existenz, die Arbeitslosigkeit – da muss man zu jedem Mittel greifen!«

»Sie sind ein Dieb?«

»Ja«, sagte der junge Mann mit einem falschen Seufzer. »Aber dieses Mal habe ich nichts gestohlen. Lassen Sie mich laufen.«

»Nein«, sagte der Doktor, »ich bin kein Patron der Diebe!«

Er hob das Hörrohr des Telefons und rief:

»Hallo! Fräulein! Bitte Polizeikommissariat! Herr Pristav? Hier Doktor Orlow. Wir haben einen Dieb erwischt. Worjanskaja 7, Tür 10. Verhaften Sie ihn!«

Als der Pristav kam, sagte der Doktor: »Man fand diesen Herrn unter dem Bett der Hausfrau. Er spielte zuerst den Wahnsinnigen, dann gestand er, dass er ein Dieb sei.«

Auch der Pristav hatte zu Hause eine junge, fesche Frau. Er dachte: Ich bin den ganzen Tag im Dienst und inzwischen ...

Blinde Wut packte ihn.

»Ah, du Lump«, rief er, »stehlen! Ich werde dir's zeigen. Wo sind deine Komplizen? Gestehe, sonst ...«

Er hob die Hand, und der junge Mann flog in die Ecke.

»Das war der Vorschuss. Wart', Bürschchen. Auf dem Polizeikommissariat wirst du den Gummiknüttel kennenlernen.«

»Herr Pristav«, rief der junge Mann und fiel vor ihm auf die Knie. »Es ist ein Justizirrtum. Ich bin kein Dieb. Ich bin ein guter Bekannter der Hausfrau. Als ich bei ihr war, kam unerwartet der Mann nach Hause.«

»Legitimieren Sie sich«, sagte der Pristav.

»Ich bin Anwalt, fünfunddreißig Jahre alt, verheiratet, bisher unbescholten. Darf ich mich vorstellen? – Doktor Galkin! Sehr angenehm!«

»Telefonnummer?«, fragte der Pristav kurz.

So und so.

Der Pristav wählte die Nummer. Dann rief er ins Telefon: »Ist dort Galkin? Gnädige Frau? Wir haben Ihren Mann unter dem Bett von Frau Kuroslepow gefunden. Was sollen wir mit ihm machen? Ha! Sehr gut.«

Er hängte den Hörer auf und sagte vergnügt:

»Sie sollen auf der Stelle nach Hause kommen.«

Im Vorzimmer wurde Galkin vom Hausherrn aufgehalten.

»Du bist also Katjas Freund? Und fliegen wolltest du, Vogerl? Da hast du – flieg!« Und er warf ihn die Stiege hinunter.

Zu Hause prügelte ihn seine Frau.

Hat man das nötig? Dachte Galkin seufzend. Wenn man nicht lügt, prügelt einen nur der Mann! Lohnt es sich also, die Wahrheit zu verschweigen? Durch Schaden wird man klug! Das nächste Mal ...

Die sechs Freundinnen Korablews

»Ich bin der unglücklichste Mensch!«

»Was für ein Unsinn!«

»Du glaubst mir nicht?«

»Nein, ich glaube dir nicht. Was fehlt dir denn? Du hast Geld, gute Freunde, und vor allem Erfolg bei Frauen.«

Korablew ging auf und ab, dann blieb er stehen und schaute mich mit traurigen Augen an.

»Du hast recht. Ich habe Erfolg bei Frauen.«

Und nach einer Pause fügte er hinzu:

»Jetzt hab' ich sechs Freundinnen.«

»Nur sechs? Ich hätte an mehr gedacht. Natürlich nicht alle auf einmal.«

»Nicht auf einmal?«, rief Korablew. »Aber ich hab' sie doch alle auf einmal!«

Ich schlug die Hände zusammen.

»Ja, sag einmal – wozu brauchst du sechs Freundinnen?«

Er ließ den Kopf sinken.

»Es geht nicht anders, das musst du verstehen. Ich bin kein lasterhafter Mensch. Wenn ich einmal eine Frau finde, die mein Herz ausfüllt, heirate ich sie am nächsten Tag. Aber es ist unmöglich – meine Liebe ist nicht blind. Ich sehe etwa eine Frau mit schönen Augen und einer weichen Stimme, aber – sie ist nicht schlank, sie hat kurze, dumme Hände. Ein andermal lerne ich eine wunderschöne Frau kennen, aber nun ist sie leider sentimental. Das geht eine Weile, aber auf die Dauer hält man's nicht aus. Ich suche also weiter, und so hab' ich sechs Frauen getroffen, die alle zusammen so sind, wie ich sie haben will.«

Ich schaute ihn kopfschüttelnd an.

»Das ist also ein Mosaik statt einer einzigen Frau!«

»Ungefähr ... aber wenn du wüsstest; wie teuer man das erkauft! Ich hab' ein schlechtes Gedächtnis, bin sehr zerstreut und muss eine solche Menge von Dingen wissen, wie du dir's nicht denken kannst. Einiges notiere ich mir, das ist die einzige Möglichkeit.«

»Was notierst du?«

Er nahm sein Notizbuch aus der Tasche und sagte:

»Lach mich nicht aus, das alles ist viel zu ernst. Ich werde dir einiges vorlesen:

Helena, ein gutes und ruhiges Mädchen. Herrliche Zähne. Schlank. Singt, spielt Klavier, liebt es, Ljalja genannt zu werden. Bevorzugt gelbe Rosen. Humor. Trinkt gern Sekt. Sehr fromm, man muss vorsichtig sein bei Gesprächen über Religion. Über ihre Freundin Kitty darf man nicht mit ihr sprechen. Sehr eifersüchtig.

Gehen wir weiter:

Kitty, ein kleines, lustiges Geschöpf. Schreit, wenn man sie aufs Ohr küsst. Keine Umarmung in Gegenwart Fremder! Liebt Hyazinthen, trinkt nur Rheinwein. Tanzt wunderbar. Isst gezuckerte Kastanien, hasst Musik. Den Namen Helenas nicht erwähnen!«

Korablew hob sein ermüdetes Gesicht:

»So geht es der Reihe nach! Manchmal glaube ich, dass ich an einem Abgrund stehe. Manchmal nenne ich Kitty Nastja und Nastja Maria. Dann gibt es Tränenausbrüche und Szenen.«

»Und alle sind sie dir treu?«

»Gewiss. Das erschwert die Sache noch. Zum Beispiel heute: Ich soll um halb sieben bei Helena sein, um mit ihr zu speisen. Aber um sieben erwartet mich schon Nastja, die in einem andern Stadtteil wohnt.«

»Was wirst du tun?«

»Ich werde für einen Augenblick zu Helena kommen und ihr Vorwürfe machen, weil ich sie angeblich mit einem jungen Mann gesehen habe. Da es nicht wahr ist, wird sie eine Szene machen, ich werde ihr empört widersprechen und wütend davonlaufen.«

Korablew griff nach seinem Hut und blieb nachdenklich stehen.

»Was gibt's?«

Er nahm den Siegelring vom Finger und steckte ihn ein. Dann stellte er seine Uhr vor und ging zum Schreibtisch.

»Was machst du?«

»Siehst du, da steht das Bild Nastjas. Sie will, dass es auf meinem Schreibtisch steht. Heute erwartet sie mich, also kann ich das Bild ruhig in die Lade legen. Du fragst, warum ich das tue? Kitty macht vielleicht einen Sprung zu mir und schreibt mir ein paar Zeilen. Ich werde also ihr Bild auf den Schreibtisch stellen.«

»Und wenn Maria kommt und Kittys Bild sieht?«

»Dann werd' ich ihr sagen, dass dies das Bild meiner verheirateten Schwester ist.«

»Und warum steckst du den Siegelring ein?«

»Nastja hat ihn mir geschenkt. Helena will nicht, dass ich ihn trage. Ich kann ihn also erst wieder anstecken, wenn ich wütend fortgelaufen bin. Außerdem muss ich auf meine Krawatte Rücksicht nehmen, ich muss meine Uhr vor- oder zurückschieben, muss den Hausbesorger bezahlen und mich an alles erinnern, was eine von meinen sechs Freundinnen mir gestern gesagt hat. Mit einem Wort – ich bin der unglücklichste Mensch!«

Er drückte meine Hand und verließ das Zimmer.

*

Ich ging nach ihm fort, und sah Korablew fast einen ganzen Monat nicht. Zweimal bekam ich sonderbare Telegramme:

»Am 2. und 3. Februar waren wir zusammen in Finnland, irr dich nicht, wenn du Helena triffst.«

Das zweite Telegramm lautete: »Der Siegelring ist bei dir, du hast ihn einem Juwelier gegeben, willst dir denselben machen lassen. Sag dies Nastja.«

Als ich einmal Nastja zufällig traf, erzählte ich ihr, dass ich bei Korablew einen Siegelring geliehen hätte, um mir einen ebensolchen zu bestellen. Nastja war begeistert:

»Und ich habe ihm einen solchen Wirbel gemacht! Gottlob, dass es wahr ist! Wissen Sie, dass er sich zwei Wochen in Moskau aufhält?«

»So? Ach ja, ich wusste es.«

Später erfuhr ich, dass Korablew tatsächlich in Moskau war und dass ihm dort ein furchtbares Unglück passierte.

Als er wieder zurückgekehrt war, suchte er mich auf.

*

»Wie ist das geschehen?«

»Weiß Gott! Ein Taschendieb hat mir das Notizbuch in Moskau gestohlen! Ich habe Inserate einrücken lassen, hab' eine Unmenge Finderlohn versprochen, aber es ist und bleibt verloren. Jetzt steh' ich vor einer Katastrophe.«

»Versuch doch, deine Aufzeichnungen nach dem Gedächtnis wiederherzustellen!«

»Du hast leicht reden. Während der beiden Wochen hab' ich mich ausgeruht und alles vergessen! Ich weiß nicht, ob Maria gelbe Rosen liebt oder sie hasst. Wem hab' ich Parfüms aus Moskau versprochen? Wer bekommt die Handschuhe? Wer wird mir beides ins Gesicht schmeißen, ach Gott! Wer hat mir die dunkelrote Krawatte geschenkt mit der Verpflichtung, sie immer zu tragen? Wer hat verlangt, dass ich den grünen Hut nie mehr nehme, und wessen Fotografie soll ich verstecken und vor wem?«

»Armer Teufel! Wenn ich dir helfen kann – den Ring hat dir Nastja geschenkt, wie? Das darf Helena nicht wissen. Und wenn Kitty kommt, muss man Marias Bild verstecken, wenn aber Nastja kommt, muss man es nicht verstecken, das Bild der einen gilt für deine Schwester, nur weiß ich nicht, ob es Kittys oder Marias Bild ist.«

»Ich weiß es auch nicht!«, rief er verzweifelt. »Hol's der Teufel, ich fahr' trotzdem hin!«

»Steck den Ring ein!«

»Maria weiß nichts vom Ring!«

»Zieh die dunkelrote Krawatte an!«

»Wenn ich nur wüsste, wer sie mir geschenkt hat! Vielleicht hasst Maria Dunkelrot! Na, einerlei ...«

*

Die ganze Nacht über fürchtete ich für meinen Freund. Am nächsten Morgen war ich bei ihm. Er saß müde und abgespannt hinter dem Schreibtisch und schrieb irgendeinen Brief.

»Nun, was gibt es Neues?«

Er machte eine müde Handbewegung.

»Alles ist vorbei. Ich bin wieder allein.«

»Was ist geschehen?«

»Ein Skandal. Ich hab' die Handschuhe gepackt und bin zu ihr gefahren. ›Meine teure Ljalja‹, sagte ich zu ihr, ›da hast du alles, was du dir gewünscht hast. Ich hab' auch Karten für die Oper genommen, weil es dir Vergnügen macht.‹

Sie nahm die Schachtel, warf sie in die Ecke, fiel auf den Diwan und schluchzte laut:

›Fahren Sie zu Ihrer Ljalja und schenken Sie ihr diese Handschuhe. Sie können auch mit ihr in die Oper gehn. Mich freut es nicht.‹

›Aber, Marussja‹, bat ich, ›es war ein Missverständnis!‹

›Gewiss ist es ein Missverständnis, denn ich heiße seit meiner Geburt Sonja. Bitte, verlassen Sie mein Haus!‹

Von ihr fuhr ich zu Helena, vergaß den Ring einzustecken, brachte ihr gezuckerte Kastanien und fragte: ›Warum hat meine Kitty so traurige Augen?‹

Sie warf mir eine Vase an den Kopf.

Dann ging ich zu Kitty. Bei ihr waren Gäste. Ich führte sie hinter die Portiere und küsste sie aufs Ohr. Sie gab mir eine Ohrfeige und wies mich hinaus. Ich fuhr zu Marussja und zu Nastja und zu Maria. Überall dasselbe. Ich bin ein unglücklicher Mensch!«

»Mir fällt etwas ein, Korablew«, sagte ich. »Was geschieht, wenn dir eine von ihnen verzeiht?«

Er blickte mich an. »Wenn sie mir verzeiht? Nun, was meinst du? Vielleicht weiß ich dann, welche die Richtige ist ...«

Ich stand auf, um mich zu empfehlen. Das Telefon begann zu läuten. Korablew nahm den Hörer ab. Es war Helena.

»Du bist es?«, rief Korablew. »Und nicht mehr böse? Mein Kleines, ich danke dir! Heute Abend – wann du willst. Leb wohl!«

Dann wandte er sich zu mir und sagte aufatmend: »Es ist Helena.«

»Viel Glück!«, erwiderte ich und reichte ihm die Hand. In diesem Augenblick klingelte es von Neuem.

»Marussja?«, fragte Korablew erstaunt. »Du rufst mich an? Du verzeihst mir? Hm – gewiss, mein Täubchen! Heute Abend? Ich komme. Leb wohl!«

Er drehte sich um und sah mich hilflos an. Ich schüttelte empört den Kopf. »Lass dir erklären ...«, begann er. Das Telefon schrillte.

»Maria?«, hörte ich Korablew sagen.

Da setzte ich meinen Hut auf und griff nach meinem Stock. »Du hast zu viel Glück bei Frauen – dir ist nicht zu helfen, Korablew!«, sagte ich und schlug die Tür hinter mir zu.

Gedächtniskunst

In einer Kaffeehausecke saßen zwei Freunde und tranken Likör. Fedor Iwanow rauchte, kreuzte ein Bein übers andre und blickte ein hübsches Mädchen an, das unweit von ihnen saß. Dann sagte er gleichgültig zu Wladimir Pjotrew:

»Du bist also zum Vortrag gegangen?«

»Ja. Und es war einfach verblüffend.«

»Worüber wurde gesprochen?«

»Über Gedächtniskunst.«

»Gedächtniskunst? Was ist denn das für eine Wissenschaft?«

»Das ist die Kunst, sich alles zu merken. Der Professor hat Experimente gemacht – es ist einfach unglaublich, was der Mensch sich alles gemerkt hat.«

»Und was hat das mit dir zu tun?«, rief Fedor.

»Du weißt doch«, sagte Wladimir, »dass ich unter meinem schlechten Gedächtnis leide.«

»Und diese neue Wissenschaft soll dir helfen?« lachte Fedor.

»Gewiss. Sie ist wirklich unglaublich. Ich werde dir gleich ein Beispiel geben. Du erinnerst dich doch, dass ich alle Zahlen vergesse – bis heute weiß ich deine Telefonnummer nicht.«

»Und jetzt?«

»Jetzt wird es anders.«

»Na, da bin ich neugierig«, erwiderte Fedor, nahm einen Schluck und blinzelte der Dame zu. »Wie machst du es also?«

»Ganz einfach«, sagte Wladimir. »Sag mir einmal langsam und deutlich die Nummer vor.«

»54-26.«

»54-26 ... und jetzt gib acht: Die erste Hälfte ist 54, die zweite 26. Wenn man also die zweite doppelt nimmt, hat man die erste.«

»Verzeih, aber das stimmt nicht. Zweimal 26 ist doch 52 und nicht 54.«

»Das ist richtig. Man muss also die zweite Hälfte doppelt nehmen und 2 dazugeben.«

»Schön«, rief Fedor. »Aber dann könnte die Nummer immer noch 26-12 sein.

»Das ist wahr«, rief Wladimir nachdenklich, »Wie sagst du, war die Nummer?«

»54-26.«

»Augenblick, ich werd' es gleich haben. Versuchen wir es so: An Händen und Füßen hab' ich 20 Nägel, aber wie merkt man sich 6?«

»Hör einmal«, sagte Fedor, »vielleicht wär' es doch besser, wenn du die Nummer notiertest ...«

»Wenn du mich immer unterbrichst«, rief Wladimir erregt, »werde ich es nie herausbekommen. Entweder interessierst du dich für Gedächtniskunst oder nicht.«

»Gewiss. Ich wollte es dir nur erleichtern.«

Wladimir saß in Gedanken versunken, dann sprach er:

»Vorhin war es doch besser. Man muss die zweite Hälfte verdoppeln und dazugeben, aber wie merkt man sich die zweite Hälfte? Vielleicht: ein 25 Rubel-Schein und 1 Silberrubel?«

»Das ist zu schwierig«, sagte Fedor. »Weißt du nichts Besseres? Wie alt bist du denn?«

»32.«

»Na also. Von deinem Alter 6 abgezogen, und du hast 26.«

»Gut«, erwiderte Wladimir. »Und wie merke ich mir 6?«

»Vielleicht 5 Finger und 1 Silberrubel?«

»Nein, das geht nicht«, rief Wladimir erregt. »5 Finger, 1 Rubel – du hast überhaupt kein Talent für Gedächtniskunst.«

»Dann hilf dir allein!«, sagte Fedor geärgert und bestellte sich einen Benediktiner.

»Benediktiner?«, sagte Wladimir. »Das Wort Benediktiner hat gerade so viel Buchstaben, dass sie mit 2 multipliziert die zweite Hälfte deiner Telefonnummer ergeben.«

»Das stimmt doch wieder nicht«, rief Fedor. »Benediktiner hat 12 Buchstaben und wir brauchen 13.«

»Dann schreiben wir Benediktiner eben mit ck.«

»Gut«, sagte Fedor. »Zwei Benediktiner mit ck, multipliziert mit 2 plus: – nein, das kann sich niemand merken. Es muss etwas Einfacheres geben.«

»Wie war eigentlich die Nummer?«, fragte nach einer Weile Wladimir.

»54-26«, rief Fedor gereizt.

»Und was hältst du davon« – sagte Wladimir – »mein Vater war 57, als er starb. Meine Schwester ist mit 21 gestorben – wenn man also von 57 3 abzieht, ist mein Vater 3 Jahre vor der ersten Hälfte deiner Telefonnummer gestorben und meine Schwester 5 Jahre vor der zweiten.«

»Unmöglich!«, sagte Fedor und schlug auf den Tisch. »Aber jetzt ist mir etwas Besseres eingefallen. Also die Nummer ist 54-26. Wenn man 5 und 4 addiert, ergibt das 9, und wenn man 2 und 6 addiert, ergibt das 8. Wenn man 9 und 8 zusammenzählt, erhält man 17, merk dir, 17 ...«

Wladimir schüttelte den Kopf und murmelte verzweifelt: »Nein, das geht auch nicht. Sag einmal – wann war der Krimkrieg?«

»Der Krimkrieg war 54.«

»Wir haben es«, sagte strahlend Wladimir. »Die erste Hälfte der Nummer ist gefunden. Jetzt kommt die zweite. Nehmen wir einfach den Dreißigjährigen Krieg und ziehen 4 ab, dann haben wir 26.«

»Na also«, rief Fedor anerkennend. »Aber wie merkst du dir die 4?«

»Wie merk' ich mir die 4 ... natürlich, die 4 Himmelsrichtungen. Dabei bleibt es. Also noch einmal: der Krimkrieg, der Dreißigjährige Krieg, die 4 Himmelsrichtungen – genial!«

»Und wie wirst du dir das merken?«, fragte Fedor.

»Das ist doch ganz einfach!«, rief Wladimir. »Jetzt schreib' ich mir die ganze Geschichte ins Notizbuch ein.«

Fedor starrte ihn an, stand auf und verließ ohne Gruß das Kaffeehaus.

Herzlose Begebenheit

Am Flussufer standen erregte Leute.

Ich kam näher und sah, dass inmitten der Gruppe eine Frauengestalt auf dem Boden lag. Sie war in ein buntes Badetuch gehüllt.

»Was ist denn los?«, fragte ich hastig.

»Sie hat gebadet, verlor den Boden unter den Füßen, begann zu sinken und hat Wasser geschluckt. Mit Mühe konnte man sie retten.«

»Man sollte ihren Körper fest abreiben«, meinte ich.

Auf einem Stein saß ein kleiner, dicker, asthmatischer Mann in einer Badehose. Er schaute mich an, machte eine abwehrende Bewegung und rief: »Lohnt sich nicht – wird ohnehin nicht helfen.«

»Vielleicht versuchen wir es mit künstlicher Atmung«, rief ich. »Sicher wacht sie dann aus der Ohnmacht auf.«

»Hm«, erwiderte der Mann in der Badehose. »Ich denke, es lohnt sich nicht, den Versuch zu machen.«

»Aber man kann doch die Frau nicht einfach so liegen lassen. Man muss doch etwas tun. Holen Sie den Arzt!«

»Zahlt sich nicht aus«, sagte ruhig der Dicke. »Hilft ja doch nichts. Außerdem wohnt der Arzt drei Kilometer von hier und wird wahrscheinlich nicht zu Hause sein.«

»Aber man kann es doch versuchen«, bemerkte ich zornig.

»Wirklich – es ist nicht der Mühe wert.«

»Ich staune ...! Lassen Sie uns wenigstens Ihr Leintuch. Wir werden versuchen, die Frau hin und her zu schaukeln.«

»Wozu schaukeln?«, sagte der Dicke. »Hat das einen Sinn? Betrachten wir die Frau als ertrunken. Warum wollen Sie sich bemühen?«

»Herr!«, rief ich aufbrausend. »Sie sind aber ein Gemütsmensch! Wenn die Frau da am Boden keine Fremde, sondern Ihre eigene Frau wäre, würden Sie anders sprechen.«

»Wer hat Ihnen gesagt, dass es nicht meine Frau ist? Es *ist* meine Frau, verstehen Sie! Und darum muss ich es besser wissen ...«

Hinter den Kulissen

Ich saß in der vierten Reihe und hörte aufmerksam den Worten zu, die auf der Bühne ein Mann mit kleinem, blondem Bart und guten, freundlichen Augen sprach:

»Wozu dieser Hass? Wozu diese Empörung? Sie sind vielleicht gute Menschen, aber Blinde, die nicht begreifen, was sie tun. Man muss sie verstehen und nicht hassen!«

Der andere Schauspieler zog die Brauen zusammen und erwiderte:

»Ja, es ist schwer, überall diese Dummheit, diese Knechtschaft und Alltäglichkeit zu sehen. Einem edlen Menschen zerreißt es das Herz.«

Die Heldin lag auf dem Diwan, seufzte und rief:

»Meine Herren, die Luft ist rein, die Vöglein zwitschern, am Himmel scheint die Sonne, und ein sachter Wind bewegt die Wipfeln der Bäume. Also wozu streiten?«

Der edle Mensch bedeckte sein Gesicht mit den Händen und sagte mit tränenerstickter Stimme:

»Mein Gott, mein Gott, wie schwer ist das Leben.«

Der andere Schauspieler legte seine Hand auf die Schulter der Weinenden und sprach:

»Irina, verzeih ihm, er hat eine edle Seele.«

In meine Augen traten Tränen. Ich fühlte, dass die Schauspieler mich zu einem guten Menschen machten. In der Pause beschloss ich, jenen Schauspieler, der alles verzieh, und jenen, der litt, sowie auch die Heldin in ihren Garderoben aufzusuchen und ihnen meinen Dank für die Gefühle, die sie in mir erweckt hatten, auszusprechen. In der großen Pause, nach dem zweiten Akt, ging ich hinter die Kulissen.

Da lernte ich die Schauspieler in ihrer wahren Gestalt kennen ...

*

»Kann ich das Ankleidezimmer des Schauspielers Erasdow betreten?«

»Sind Sie nicht der Schuster?«

»Ob ich ein Schuster bin, darüber kann ich kein Urteil fällen, aber sonst bin ich Schriftsteller.«

»Dann bitte einzutreten.«

Ich trat über die Schwelle und stand vor dem alles verzeihenden Schauspieler.

»Ihr Verehrer«, stellte ich mich vor. »Ich bin gekommen, um Sie persönlich kennenzulernen.«

Er war sehr gerührt und sagte:

»Sehr erfreut, nehmen Sie Platz.«

»Danke«, erwiderte ich und schaute mir die Garderobe an. »Wie interessant ist doch das Leben eines Künstlers, nicht wahr? Alle Künstler sind so talentvoll, haben so viel Seele!«

Erasdow lächelte ironisch:

»Na, nicht alle sind talentvoll.«

»Spielen Sie doch nicht den Bescheidenen«, bemerkte ich, mich setzend.

»Doch! Hat denn zum Beispiel dieser alte Schmierenkomödiant einen Funken Talent? Absolut kein Talent hat er!«

»Wen meinen Sie?«, fragte ich schüchtern.

»Na, den Schauspieler Fialkin, der die Rolle des Helden so schlecht spielt.«

»Sie finden, er spielt schlecht? Weshalb hat ihm dann der Regisseur die Rolle gegeben?«

Erasdow schlug die Hände zusammen:

»Sie sind ein großes Kind, Sie kennen das Leben nicht! Der Regisseur ist mit seiner Frau befreundet, und er selbst ist mit der Frau des Restaurateurs gut Freund, die vom Direktor Wechsel auf vierzigtausend Rubel hat.«

»Und mit solch einem Menschen muss diese sympathische Heldin, die Lutschesarskaja, spielen?«

»Heldin? Auch eine Schauspielerin! Die bekommt die Rollen nur deshalb, weil sie die Cousine des Theaterreferenten ist. Sie hat einen Mann und eine zwölfjährige Tochter, sie misshandelt das Kind und ist eine große Kanaille, sogar die komische Alte will nichts von ihr wissen. Entschuldigen Sie, aber jetzt muss ich auf die Bühne, ich komme gleich zurück, dann können wir weiterplaudern. Wenn Sie wüssten, wie schwer es mir ist, mit meinen Anschauungen in dieser Atmosphäre zu leben! Ich bin sofort zurück!«

Er eilte hinaus, ich blieb allein. Da öffnete sich die Türe, und in die Garderobe trat, lustig ein Liedchen pfeifend, der Schauspieler Fialkin.

»Ist Wassja nicht da?«

»Nein«, erwiderte ich höflich. »Sie haben ausgezeichnet gespielt, es freut mich, Ihre Bekanntschaft zu machen.«

Sein Gesicht wurde traurig:

»Ich könnte gut spielen, aber nicht hier, ich müsste einen anderen Partner haben, nicht diesen Erasdow. Wissen Sie, dieser Mensch ist im Dialog unmöglich, er fängt die Worte des andern auf, macht Grimassen und lenkt die Aufmerksamkeit des Publikums nur auf sich. Ein furchtbarer Egoist!«

»Tatsächlich?«

»Ha, das wäre noch nichts, wenn er im Privatleben ein anständiger Mensch wäre. Aber er ist ein Kartenspieler und Trunkenbold. Hat er sich bei Ihnen noch kein Geld geliehen?«

»Nein!«

»Gleich wird er Sie darum bitten. Aber mehr als zehn Rubel geben Sie ihm nicht, es ist ohnedies verlorenes Geld. Ich werde Ihnen etwas sagen, er und diese Lutschesarskaja ...«

An der Tür klopfte es.

»Darf man?«, fragte die Lutschesarskaja und trat ins Zimmer.

»Sehr erfreut, Ihre Bekanntschaft zu machen.«

»Nun, was tut Erasdow auf der Bühne?«, fragte Fialkin die Heldin.

Die Lutschesarskaja machte ein leidendes Gesicht, hob die Hände und rief:

»Furchtbar, er kennt die Rolle überhaupt nicht, verwechselt die Worte und schreit. Ich habe kaum die Rolle zu Ende gespielt.«

»Sie Ärmste«, bemerkte Fialkin, »Sie haben es nicht leicht.«

»Ach, mir macht es nichts. Sie spielen ja mit ihm zusammen. Ich denke, mit Ihrer Schule, mit Ihrem Spiel, mit Ihren Nerven ist das nicht leicht. Oh, wie verstehe ich Sie! Aber jetzt ist Ihr Auftritt, gehen Sie!«

Er lief auf die Bühne, die Lutschesarskaja neigte sich zu mir und sagte mit leiser Stimme:

»Was hat Ihnen dieser Kretin gesagt?«

»Er? Wir sprachen über Fragen der Kunst.«

»Hüten Sie sich vor ihm, er ist ein Lügner, wir fürchten ihn alle wie das Feuer. Er ist imstande und erzählt jetzt Erasdow, er habe gesehen, dass Sie die Taschen seines Rockes durchsuchten. Er ist ein Alkoholiker, ein Morphinist. Wir wären glücklich, wenn man ihn ins Gefängnis steckte. Mit ihm zu spielen, ist ein wahres Unglück. Wenn er und dieser Gorilla von Erasdow auf der Bühne sind, kann es keinen Erfolg geben.«

Sie lächelte traurig und bemerkte:

»Unser Theatersumpf erschreckt Sie sicher, auch ich bin empört, aber was soll man machen? Ich liebe die Bühne zu sehr.«

Da kam Erasdow in die Garderobe gestürmt:

»Liebste Marja Pawlowna, wenn Sie wüssten, was dieser Lump mit der ersten Szene in diesem Akt gemacht hat!«

»Das habe ich früher gewusst«, bemerkte achselzuckend die Schauspielerin. »Das ist eine führende Rolle, die Sie eigentlich spielen sollten. Aber Sie kennen ja unseren Regisseur ...«

*

Im nächsten Akt saß ich wieder im Zuschauerraum. Die Heldin stand beim Fenster, vom Mondschein beleuchtet, legte ihr Köpfchen an die Schulter Fialkins und rief:

»Ich kann das Gefühl nicht schildern, das mich in Ihrer Anwesenheit ergreift. In meinem Herzen wird es so warm! Sagen Sie, Kaisarow, was bedeutet das?«

»Meine Liebe, meine Herrliche! Ich wollte, dass mir das Glück leuchtete, von Ihnen geliebt zu sein. Ach, dann würde ich Ihnen zu Füßen fallen und sterben. Meine letzten Worte wären: Ich liebe Sie!«

Mein Nachbar nahm sein Taschentuch heraus, stieß mich mit dem Ellbogen an und wischte sich die Tränen ab.

»Was stoßen Sie?«, rief ich grob. »Alles Lüge und Komödie! Lächerlich! Kein wahres Wort – einer möchte dem anderen die Augen auskratzen, alle sind sie aufeinander neidisch! Sie glauben mir nicht? Gehen Sie hinter die Kulissen, sprechen Sie mit den Schauspielern, und der Zauber wird sofort verschwinden.«

Dann stand ich auf und verließ wütend das Theater.

Ich reise mit Jelena

Wir saßen in einer kleinen, gemütlichen Gesellschaft, und ich erwähnte, dass ich demnächst eine Reise nach der Krim unternehmen wollte.

Jelena Nikolajewna, eine entzückende, junge Witwe mit grauen Augen und blondem Haar schaute mich vielversprechend an und sagte:

»Sie auch? Wann reisen Sie denn?«

»Gegen Ende dieser Woche!«, erwiderte ich.

»Mein Gott!«, rief Jelena. »Ich auch! Ach, wissen Sie, ich mache Ihnen einen Vorschlag: Fahren wir zusammen! Sie begreifen, dass allein zu reisen für eine Frau etwas Furchtbares ist. Wollen Sie mich begleiten?«

Ich schaute mir Jelena noch einmal an, dann sagte ich höflich: »Gnädige Frau, es wird mir ein Vergnügen sein.«

Mein Freund Perepletow sprang vom Sessel auf, blickte mich mit Bedauern an und machte mir ein Zeichen. Als wir das Zimmer verlassen hatten, fragte ich ihn:

»Lieber Freund, was ist los?«

»Bist du wahnsinnig geworden?«, fragte er erregt. »Wozu hast du dieser Frau deine Begleitung zugesagt?«

»Aber sie ist doch eine entzückende, junge Witwe ...«

»Umso schlimmer«, erwiderte gallig mein Freund, »eine Reise mit einer solchen Frau ist immer eine Gefahr für den Mann!«

Und seine Stimme klang prophetisch:

»Von nun an wirst du nicht wissen, was Tag und was Nacht ist. Du wirst ihr Lakai, ihre Zofe, ihr Träger, ihr Hausknecht sein. Du wirst die Verantwortung für alle von ihr vergessenen Sachen, für das Zuspätkommen zum Zug, für den Mangel eines Sonderabteils, für Hitze im Coupé und alle Unannehmlichkeiten, die auf der Reise passieren, tragen. Am Morgen wirst du die Seife suchen, die sie im Hotel vergessen hat, dann wirst du auf den Stationen Tee holen. In der Nacht wirst du nicht schlafen können, denn du wirst Wache halten, damit niemand das Coupé betritt ... Um drei Uhr morgens wird sie plötzlich Kopfweh bekommen, du wirst im Zug herumlaufen und ein Beruhigungsmittel suchen. Du wirst der Aufpasser ihrer Koffer sein, du wirst die Sorge um das Hotel haben, du musst das Menü fürs Mittagessen zusammenstellen, zuerst für sie und dann für dich.

Mit einem Wort, du bist ein Dummkopf, dass du diese Mission übernommen hast ...«

Ich schaute meinen Freund an, lächelte und sagte:

»Ein Mann – ein Wort. Jetzt lässt sich nichts mehr ändern. Aber ich denke, die Sache ist nicht so schrecklich.«

»Na, wir werden sehen!« Seine Stimme klang trocken und kühl. Wir kehrten in das Zimmer zurück, und ich traf mit der entzückenden Jelena meine Verabredung: Samstag, elf Uhr nachts auf dem Hauptbahnhof.

Samstag abends kam ich hin, stellte meinen Handkoffer unter den Diwan im Restaurant erster Klasse und ging spazieren.

»Mein Gott, da ist er! Endlich finde ich Sie!« tönte hinter mir eine Stimme. »Ich habe Sie überall gesucht! Wo stecken Sie denn?«

»Ach, da sind Sie, gnädige Frau«, antwortete ich erfreut, »wie geht es Ihnen?«

»Danke!«, sagte sie kurz. Dann schaute sie mich an und fragte: »Was machen Sie hier?«

»Ich bummle«, antwortete ich.

»Haben Sie die Fahrkarten genommen?«, fragte sie weiter.

»Welche Fahrkarten?«, erwiderte ich erstaunt.

»Aber gestatten Sie, man kann doch nicht ohne Karten reisen?«, bemerkte sie schnippisch.

»Sie haben nicht unrecht«, sagte ich nach einigem Nachdenken, »man müsste die Fahrkarten nehmen.«

»Dann gehen Sie!«

»Wo soll man sie nehmen? Ich weiß ja nicht, wo die Kasse ist!«

»Sie sind ja wie ein hilfloses Kind! Sagen Sie es dem Träger, und er wird die Karten besorgen.«

»Und wenn der Träger mit dem Geld durchgeht?«

»Wozu hat er denn eine Nummer?«

»Eine Nummer? Und wer garantiert mir, dass ich diese Nummer nicht nach einer Minute vergesse? Ich habe ein sehr schlechtes Gedächtnis!«

»Dann notieren Sie sich die Nummer!«, bemerkte sie lachend.

»Ich habe keinen Bleistift bei mir.«

»Mein Gott, wir werden zu guter Letzt den Zug versäumen!«

»Nichts leichter als das«, antwortete ich auf die Uhr schauend, »er geht nämlich in fünf Minuten ab.«

Sie schlug die Hände zusammen und rief mir zu:

..Bleiben Sie hier stehen! Rühren Sie sich nicht vom Fleck! Ich werde selbst die Fahrkarten holen!«

»Gut«, erwiderte ich, »ich werde warten!«

Ich blieb ruhig stehen und sah zu, wie das Publikum sich zum Ausgang drängte.

»Kommen Sie, kommen Sie«, ertönte plötzlich hinter mir ihre Stimme, »gleich wird der Zug abgehen!«

Sie lief voran, ich folgte ihr. Plötzlich blieb sie stehen und fragte:

»Wo sind denn Ihre Sachen?«

»Ich habe meinen Koffer im Restaurant unter den Diwan gestellt. Man kann ihn ja später holen.«

»Was heißt später?«, rief sie nervös. »Holen Sie ihn sofort!«

»Und wo werde ich Sie finden?«, fragte ich meine Reisebegleiterin.

»Mein Gott«, rief sie voller Verzweiflung, »er ist wie ein dreijähriges Kind ... Einen schönen Reisebegleiter habe ich mir da ausgesucht! Laufen Sie rasch ins Restaurant. Ich warte hier.«

Ich holte den Koffer, eilte zu dem Platz zurück, wo ich die junge Witwe verlassen hatte, und dann liefen wir beide den Perron entlang.

»Wo ist unser Zug?«, fragte sie schwer atmend.

»Ich denke hier«, sagte ich und wies auf einen einzeln stehenden Waggon hin.

»Aber das ist doch ein abgekoppelter Waggon. Sie dummer Mensch! Wir brauchen einen Zug ... Ah, da kommt mein Träger. Sie, Träger, wo ist der Zug nach Odessa?«

»Da steht er, gnädige Frau!«, sagte er, höflich die Mütze lüftend.

Kaum hatten wir Platz genommen, setzte sich der Zug auch schon in Bewegung. Jelena Nikolajewna wischte sich das erhitzte Gesicht ab, lächelte und sagte:

»Ohne mich würden Sie heute den Zug versäumt haben!«

»Zweifellos«, erwiderte ich. »Ich wundere mich, wie Sie sich auf diesen Eisenbahnen auskennen! Diese Fahrkarten, die Träger können einen ja verrückt machen ... da kann man leicht den Kopf verlieren.«

*

Eine halbe Stunde verbrachten wir im Gespräch, dann sagte ich:

»Ich habe Hunger! Ich will essen!«

»Weshalb haben Sie nicht im Bahnhofsrestaurant gegessen?«, bemerkte meine Begleiterin.

»Ich hab' es vergessen!«

»Wie kann man das Essen vergessen? Warten Sie – bald wird eine Station mit Restaurant kommen. Schauen Sie im Reiseführer nach!«

»Ich habe keinen Reiseführer!«

»Da haben Sie meinen!«, sagte sie lächelnd.

Ich nahm den Führer, schaute ihn an und bemerkte:

»Oho, das ist ein umfangreicher Führer! Da müssen viele Stationen mit Restaurants sein.« Ich begann zu blättern und sagte:

»In drei Stunden wird erst eine Station sein ... Furchtbar!«

»Welche Station?«

»Terrioki!«

»Was?«, rief sie erstaunt, »welche Strecke schauen Sie denn nach?«

»Hier ... diese gelben Blätter!«

»Mein Gott, Sie brauchen ja noch eine Kinderfrau ... Er weiß nicht einmal, wie man mit einem Führer umgeht!«

»Ich möchte den Menschen sehen, der sich da aus-kennt!«

»Geben Sie her«, rief sie nervös, »in zwanzig Minuten kommt eine Station mit Restaurant. Der Zug hält dort acht Minuten!«

»Das ist zu wenig. Ich werde den Zug versäumen!«

»Beruhigen Sie sich, Sie großes Kind. Ich werde mit Ihnen gehen!«

»Sagen Sie«, fuhr sie weiter fort, »wie leben Sie eigent-lich? Wie leben Sie, wenn Sie überallhin zu spät kom-men, wenn Sie bei der kleinsten Kleinigkeit den Kopf verlieren?«

»Ich lebe schlecht«, sagte ich mit einer Stimme voller Tränen. »Mein Vater ist tot, meine Mutter ist weit ... Und lauter fremde Menschen, Kassen – die Leute laufen her-um und schreien! Nein, wirklich, ich freue mich, dass wir zusammen gefahren sind!«

»Schon gut«, sagte sie beruhigend, »schon gut, mein Kleiner. Irgendwie werden wir unser Ziel erreichen ... Wo wollen Sie schlafen? Auf dem unteren oder auf dem oberen Bett? Ich hoffe, dass Sie mir das untere Bett über-lassen?«

»Gewiss überlasse ich es Ihnen. Nur entschuldigen Sie, wenn ich Sie in der Nacht aufwecke.«

»Wieso?«, fragte sie erstaunt.

»Ich wälze mich nämlich von einer Seite auf die andere und werde zweifellos herunterfallen.«

»Hm«, sagte sie nachdenklich, »dann schlafen Sie im unteren Bett, Sie armer, hilfloser Junge!«

Sie streichelte scherzend mein Haupt, und in ihrer Stimme klang mütterliche Besorgnis ...

*

Niemals bin ich mit einem solchen Komfort gereist wie dieses Mal. Man sorgte sich um mich, man gab mir zu essen und zu trinken. Trotz meiner großen Figur, trotz meiner tiefen Stimme behandelte man mich wie ein Kind. Meine Reisebegleiterin legte mich schlafen, bedeckte mich mit ihrem Reiseplaid, löschte die Lampe aus, wenn ich einschlief und brachte mir Kaffee aus dem Waggonrestaurant, wenn ich erwachte. Es amüsierte sie, wenn ich mir beim Erwachen die Augen mit der Faust rieb, und sie rief laut: »Baby ist erwacht! Baby will Kaffee!«

Ich war glücklich.

Mein Handkoffer stand jetzt bei ihren Koffern und wurde auf den Umsteigestationen mit ihren Sachen mitgetragen. Ich ging langsam hinterdrein, die Hände in den Taschen, ein Liedchen summend. Jelena Nikolajewna lief voran, schaute sich ab und zu besorgt um und sagte voll Unruhe:

»Sind Sie da? Verlieren Sie mich nicht! Ich werde Ihnen Orangen kaufen. Warten Sie hier! Gehen Sie nicht fort wie gestern, wo ich beinahe Ihretwegen den Zug versäumt habe!«

»Was soll ich denn tun?«, bemerkte ich.

»Ich weiß, ich weiß ... Man muss hinter Ihnen her sein wie hinter einem kleinen Kind!«

In Odessa suchte sie ein Hotel auf, bestellte für mich ein Bad, dinierte und soupierte mit mir. Als wir auf dem Dampfer nach Sebastopol fuhren, legte sie mich schlafen, bedeckte mich mit ihrer Reisedecke, bekreuzigte mich, klopfte mir leise auf die Wange und sagte:

»Schlaf, Kindchen, schlaf!«

Als wir nach Petersburg zurückreisten, telegrafierte ich meinem Freunde und bat ihn, uns am Bahnhof zu erwarten.

Kaum blieb der Zug stehen, so sprang ich aus dem Waggon und umarmte stürmisch meinen Freund.

»Den Mantel«, rief die besorgte Jelena Nikolajewna, aus dem Fenster schauend. »Ich will nicht, dass Sie sich verkühlen. Ziehen Sie sofort Ihren Mantel an! Wie ist die Telefonnummer Ihrer Pension? Ich werde anläuten: Man soll Ihnen ein Frühstück vorbereiten ... Sie haben heute noch nichts gegessen!«

Mein Freund schaute mich erstaunt an. Dieser Blick amüsierte mich.

Jelena Nikolajewna kam aus dem Abteil, richtete mir meine Krawatte und sagte:

»Haben Sie die Bücher mitgenommen? Haben Sie den Stock nicht vergessen? Dann ist alles in Ordnung. Auf Wiedersehen!«

»Und die Sachen?«, fragte erstaunt mein Freund. »Wo sind deine Koffer?«

»Seine Sachen sind bei mir«, antwortete lachend Jelena Nikolajewna, »man kann ihm doch nichts anvertrauen, er ist wie ein Kind, er verliert alles. Ich werde den Koffer mit meinem Mädchen in seine Pension schicken!«

Sie lächelte und verschwand in der Menge.

Perepletow schüttelte sein Haupt, schaute ihr lange nach und sagte dann zu mir:

»Ich begreife nicht, wie es dir gelungen ist, diese launenhafte Person zu zähmen. Sie ist so besorgt um dich! Du musst mir das Geheimnis verraten.«

»Lieber Freund«, antwortete ich geheimnisvoll lächelnd. »Solche Dinge darf man nicht verraten. Aber eines sage ich dir: Diese kleine Witwe ist die idealste Frau, die ich je kennengelernt habe. Vielleicht mache ich mit ihr noch eine zweite Reise – meine Hochzeitsreise ...«

Dann verließen wir beide den Bahnhof.

Marusina spielt Theater

Der Regisseur verteilte die Rollen und gab der Primadonna ein dickes Heft.

»Oho!«, sagte die große Ljubarskaja.

Dann gab der Regisseur ein ebenso dickes Heft dem ersten Liebhaber Sakatow.

»Ach Gott!«, rief erschreckt der erste Liebhaber. »Das sind ja zwei Kilo – nein, damit werde ich nicht fertig. Das ist ein bisschen viel, finden Sie nicht?«

»Dummkopf! Dummkopf!« sagte die kleine Schauspielerin Marusina leise.

»Das ist keine Rolle, das ist eine Bibel!«, rief Ljubarskaja hochmütig und tat, als ob sie unter der Last des Heftes zusammenbrechen müsste.

Dumme Gans, dachte die kleine Marusina. Wenn ich zehn Seiten von deiner Rolle bekäme, würde ich euch allen zeigen, was für eine Schauspielerin ich bin!

Dann bekamen ihre Rollen: die komische Alte, der Heldenvater, die blondlockige Naive und der Intrigant.

Marusina schaute den Regisseur an und fragte unter Tränen:

»Und ich?«

»Auch für dich ist etwas da«, sagte lächelnd der Regisseur. »Da hast du deine Rolle und bedanke dich schön.«

Er hielt ihr einen halben Bogen Papier hin.

»Wo ist die Rolle?«, fragte Marusina.

»Da!«

»Ich sehe sie nicht«, sagte beleidigt Marusina.

»Na, na«, rief der Regisseur, »sie ist zwar nicht groß, dafür enthält sie eine Menge von Möglichkeiten. Stell dir einmal vor: Du bist eine reiche Kaufmannsfrau, ein Gast im zweiten Akt.«

»Und was rede ich? Was sage ich da?«

»Hm – unter den anderen Gästen kommt auch die Kaufmannsfrau Polujanowa, sie küsst die Hausfrau, unsere liebe Ljubarskaja, und sagt: ›Endlich komme ich zu Ihnen, meine Liebe!‹ Die Ljubarskaja als Hausfrau sagt: ›Sehr erfreut, bitte nehmen Sie Platz ...‹ – ›Danke‹, sagst du, ›ich werde eine Tasse Tee nehmen.‹ Du setzt dich, trinkst eine Tasse Tee ...«

»Und das ist alles?«, rief empört Marusina. »Sie könnten mir wirklich wenigstens zwei Seiten geben.«

»Aber, meine Kleine, es ist doch eine Menge Spiel. Schau – ›Endlich komme ich zu Ihnen‹ – das ist doch ein Typ, diese Kaufmannsfrau! Und dann bietet man ihr nicht Tee an, sondern sie verlangt ihn ausdrücklich selbst. Das ist eine Figur aus dem Leben!«

Marusina las mit einer kleinen Grimasse noch einmal die Rolle durch und sagte dann:

»Ich sehe diese Figur anders. Die Frau ist zwar in der Kaufmannswelt aufgewachsen, aber es zieht sie zu einer anderen hin. Sie hat Ideale, sie ist in einen Schriftsteller verliebt, aber ihr Gatte verfolgt sie durch Eifersucht und Misstrauen. Sie ist zart, feinfühlend ...«

»Schon gut«, sagte der Regisseur. »Und wenn das alles auch wahr sein mag, so ist es doch nicht wichtig.«

»Ich werde sie als exaltierte, hysterische Frau spielen!«

»Mach, was du willst.«

Und der Regisseur teilte die letzten Rollen aus.

*

Der zweite Akt begann. Die Bühne stellte einen Salon dar. Als der Vorhang in die Höhe ging, war die Ljubarskaja allein vor der Rampe. Sie erwartete das Erscheinen ihres Hausfreundes, der sie mit einer Baronin betrogen hatte. Ein dramatischer Auftritt bereitete sich vor. Die Ljubarskaja lief auf und ab, zuckte mit den Achseln, las einen Zettel und rief nervös:

»Der Schurke! Der Schuft!«

In diesem Augenblick betraten die Gäste den Salon. Die Hausfrau machte notgedrungen ein freundliches Gesicht. Sie begrüßte die schweigenden Damen und küsste

Marusina, die Kaufmannsfrau Palujanowa. Der Souffleur sagte: »Was für eine angenehme Überraschung!« Die Ljubarskaja wiederholte seine Worte.

Marusina schaute traurig vor sich hin und sagte:

»Endlich bin ich zu Ihnen gekommen, meine Liebe!«

»Sehr erfreut!«, rief der Souffleur. »Nehmen Sie Platz.«

Die Ljubarskaja war mit ihm einverstanden und wiederholte den Satz.

Marusina lachte hysterisch auf, zerrte an ihrem seidenen Taschentuch und sagte:

»Gewiss, ich werde mich setzen und sogar eine Tasse Tee trinken, wenn es Ihnen recht ist.«

Sie ließ sich auf das Sofa nieder, ihr Herz zuckte krampfhaft zusammen.

Das ist alles, dachte sie. Alles! Das ist meine ganze Rolle! Und plötzlich rief sie laut:

»Ja, seit dem Morgen habe ich Durst. Ich dachte – heute Abend bin ich zu Gast, da werde ich Tee genug bekommen.«

Die Ljubarskaja schaute verdutzt Marusina an.

»Bitte, bitte«, flüsterte der gastfreundliche Souffleur.

»Bitte, bitte, sehr erfreut«, wiederholte die Ljubarskaja.

»Ja, ja«, sagte Marusina. »Nichts löscht den Durst so wie Tee. Im Auslande ist der Tee nicht so beliebt, wie ich höre.«

Die Hausfrau schaute sie entsetzt an und schwieg.

»Was fehlt Ihnen? Sind Sie krank? Weshalb sind Sie denn so blass, meine Liebe? Ist Ihnen ein Missgeschick zugestoßen?«

»Ja«, lispelte erbleichend die Hausfrau.

»Ruhe, um Himmels willen!«, rief der Souffleur hinauf, »Was reden Sie denn da? Ljubarskaja gehn Sie zu den anderen Gästen!«

Ljubarskaja, die voll stummen Schreckens auf Marusina schaute, begann nun zu improvisieren:

»Verzeihen Sie, aber ich muss die anderen Gäste begrüßen. Man wird Ihnen sofort den Tee servieren.«

»Ach, Sie haben noch Zeit, ehe Sie zu den anderen gehn«, erwiderte Marusina mit glänzenden Augen. »Meine Liebe, wenn Sie wüssten, wie unglücklich ich bin! Mein Mann ist ein Tier, er hat kein Herz, kein Gefühl ...«

Sie legte das Taschentuch an die Augen und rief verzweifelt:

»Lieber den Tod, als das Leben mit diesem Mann!«

»Hol dich der Teufel, wirst du gleich still sein!«, schrie der Souffleur, so laut er durfte. »Der Direktor wird dir schon seine Meinung sagen!«

»Ich sehe ein anderes Leben vor mir«, rief Marusina und rang die Hände. »Ich will es kennenlernen. Studentin werden, lernen, Reisen machen, die Welt entdecken – ach, was für ein kümmerliches Dasein ich führe!«

»Beruhigen Sie sich«, sagte die Hausfrau und fuhr sich über die erschreckte, blasse Stirn. »Verzeihen Sie, aber ich muss nun zu den anderen Gästen hinübergehen.«

Marusina griff sich an den Kopf. »Die anderen Gäste? Ach, wer sind sie – Parasiten, Lügner, Heuchler. Hier vor Ihnen leidet ein Mensch, und Sie wollen nichts von ihm wissen ... Mein Gott, wie ist das Leben grausam. Alle kennen nur die Frau des reichen Polujanow, aber niemand will ihre Seele, ihr trauriges Herz kennenlernen – welche Qual!«

»Sie ist irrsinnig geworden. Man muss die Rettungsgesellschaft verständigen!« rief der Souffleur, packte sein Buch und lief davon.

»Ich bin keine Heilige!«, rief Marusina und trat zur Rampe. »Ich bin eine Frau! Ich liebe, und wissen Sie, wen ich liebe? Ihren Freund, den Mann, auf den Sie warten! Er gehört mir. Ich werde ihn für nichts auf der Welt hergeben. Was man Ihnen über die Baronin geschrieben hat, ist nicht wahr. Madame, warum beißen Sie die Lippen zusammen? Ich, Polujanowa, ich habe einen Geliebten – und es ist der Ihre, Madame!«

»Hinaus von der Bühne!«, tönte die Stimme des Regisseurs aus der Kulisse.

Und jetzt ein hysterischer Anfall, dachte Marusina.

Sie verdeckte ihr Gesicht mit den Händen, ließ sich auf das Sofa nieder und stieß unter Tränen die Worte hervor: »Nein – ich gebe ihn nicht frei – du wirst ihn mir nicht entreißen!«

Ringsum die Gäste standen entsetzt und ratlos da, sie sprachen, was in ihren Rollen stand, und keinem fiel es ein, der weinenden Frau ein Glas Wasser zu bringen.

Als sie eine Weile lang geweint hatte, stand sie auf, ging auf die Hausfrau zu und sagte:

»Adieu – Verbrecherin. Ich weiß, warum du mir eine Tasse Tee angeboten hast. In diesem Tee war Gift. Aber du sollst mich nicht qualvoll sterben sehen. Haha! Ich werde meinem Leben allein ein Ende machen. Adieu, ich gehe dorthin, von wo es keine Rückkehr gibt!«

Sie verließ wankend die Bühne. Donnernder Applaus folgte ihren Worten.

*

Gänzlich zerschlagen kam Marusina hinter die Kulissen und stieß dort mit dem Regisseur zusammen.

»Pack deine Sachen! Du bekommst achtundzwanzig Rubel Gehalt, abzüglich fünfundzwanzig Rubel Strafe. Das macht drei Rubel. Da! Und lass dich nicht mehr blicken!«

»Gut«, sagte müde Marusina. »Man soll mir die Sachen aus der Garderobe bringen.«

»Nikifor, hol die Sachen heraus!«

»Adieu ...«

»Hinaus!«

Marusina zog über das Kostüm der Kaufmannsfrau ihren alten, zerschlissenen Mantel, wischte sich mit der Hand die Schminke ab und verließ gleich einer Königin das Theater.

Maximow der Schweiger

In der Villa ging es lustig her, es war eine Menge von Gästen da. Gegen drei Uhr nachts waren alle müde und sehnten sich nach Ruhe. Es stellte sich heraus, dass acht Personen in der Villa übernachten wollten und nur vier

Fremdenzimmer zur Verfügung standen. Die reizende Hausfrau stellte mir einen kleinen untersetzten Mann vor und sagte mit freundlichem Lächeln:

»Das ist Ihr Nachbar. Darf ich vorstellen: Alexej Maximowitsch Maximow. Sie sollen mit diesem Herrn in einem Zimmer übernachten!«

Ich hätte einen eigenen Raum vorgezogen, aber nun musste ich in den sauren Apfel beißen. Gelassen sagte ich:

»Bitte, Anna Petrowna!«

Der kleine Mann schaute mich prüfend an und fragte dann fast schüchtern:

»Hoffentlich haben Sie nichts dagegen?«

»Aber, bitte, warum soll ich etwas dagegen haben?«

»Sehen Sie – ich bin kein angenehmer Bettnachbar!«

»Weshalb?«, fragte ich.

»Ich bin ein älterer Mann und rede sehr wenig. Ich bin, wie der deutsche General Moltke, ein Schweiger. Sie aber sind ein junger Mann, der zweifellos vor dem Schlafengehen noch ein wenig plauschen möchte. Wer weiß, ob wir zusammenpassen!«

»Das macht nichts. Ich werde mit Vergnügen schweigen, auch plaudere ich nicht gern in der Nacht!« sagte ich liebenswürdig.

»Wunderbar«, rief Maximow, »dann ist alles in Ordnung.«

Als wir in unser Zimmer kamen und uns auszuziehen begannen, sagte Maximow zu mir:

»Wissen Sie: Es gibt Menschen, die organisch das Schweigen nicht vertragen können. Darum habe ich Sie vorher gefragt. Ich bin ein bekannter Schweiger, aus mir ist schwer ein Wort herauszubekommen, deshalb mögen mich viele nicht. Sie sagen: Das ist kein Mensch, das ist ein Stück Holz!«

»Ich bilde eine angenehme Ausnahme«, rief ich lachend. »Kaum bin ich im Bett, so schnarche ich schon.«

Maximow zog bedächtig einen Schuh aus, stellte ihn in eine Ecke, versank einen Augenblick lang in Schweigen und sagte dann nachdenklich:

»Ja, ja, ich erinnere mich – in meiner Jugend spielte sich einmal folgender Fall ab: Ich wohnte gemeinsam mit dem Studenten Silantjew. Der Student kannte mich wenig. Wir ziehen also zusammen. Ich lebe mit ihm, rede aber kein einziges Wort. Es vergehen zwei, drei, fünf Tage – ich schweige. Zuerst macht er sich über mich lustig, dann wird er nervös, zuletzt ruft er mir verärgert zu:

›Maximow, hast du den Verstand verloren? Weshalb schweigst du? Sag doch etwas!‹

Ich bin stumm wie ein Fisch. Da wird er endlich rabiat, packt seine Sachen und ruft mir zu:

›Mit einem Toten lebe ich nicht. Morgen ziehe ich aus!‹

Am nächsten Morgen war er auf und davon. Was sagen Sie dazu?«

»Das war einfach ein nervöser Mensch!«, bemerkte ich kurz und kroch in das kühle Bett.

»Ist ein Mädchen mit zwanzig Jahren auch nervös?«, fragte Maximow. »Sehen Sie, ich hatte eine Braut. Sie sagte zuerst zu mir: ›Aleschka, du gefällst mir, weil du so ernst bist!‹ Und später, als ich öfters zu ihr kam, bemerkte sie: ›Warum schweigst du immer?‹ – ›Worüber soll ich denn sprechen?‹ sagte ich. – ›Worüber? Was du heute gemacht hast!‹ – ›Ich war im Amt, nachher im Restaurant zum Mittagessen, dann bin ich zu dir gekommen.‹ – ›Mein Gott – ein Mädchen will doch auch ein freundliches Wort hören! Man fürchtet sich, wenn der andere dasitzt, einen angafft und kein Wort spricht.‹ – ›Ich kann nichts dafür, ich bin eben so. Ich bin ein Mann, der nicht viel reden kann, du musst mich nun einmal so nehmen!‹ Schön ... Eines Tages suche ich sie auf – bei ihr ist ein Leutnant und spricht ohne Ende: ›Fräulein, ich habe Sie da und dort gesehen – besuchen Sie das Theater – lieben Sie moderne Tänze – gehen Sie zu Fünfuhrtees? Warum haben Sie mir diese gelbe Rose geschenkt? Hat das Geschenk eine Bedeutung?‹ Sie lauscht den Worten des Offiziers, ich bin für sie Luft. Ich sitze da und rede kein Wort. Der Offizier schaut mich an und flüstert ihr etwas ins Ohr, sie lacht hellauf. So bleibe ich schweigend eine ganze Stunde, dann stehe ich auf und gehe davon. Als ich nach ein paar Tagen wieder zu meiner Braut komme, öffnet mir der Offizier die Tür und sagt bloß das eine Wort: ›Hinaus!'‹ Meine Braut steht auf der Schwelle und lacht. Dann ruft sie: ›Ich brauche Sie nicht! Sie reden kein Wort – mein Tisch, mein Sessel, meine Kommode schweigen auch. Da verlobe ich mich lieber gleich mit der Kommode. Zwischen Ihnen und ihr gibt es keinen Unterschied. Sie sind beide aus Holz. Aber ich brauche keinen Mann aus Holz, verstanden? Adieu!‹ Da stand ich auf und ging fort, ohne ein Wort zu reden.«

Ich gähnte und rief verschlafen:

»Eine dumme Geschichte ... Gute Nacht!«

»Gute Nacht, schlafen Sie gut, angenehme Ruhe! Ja, die Männer haben Logik, aber die Frauen, die Frauen! Ich erlebte einmal einen Roman mit einer hübschen, verheirateten Frau. Wissen Sie, weshalb sie mich gewählt hatte? Weil ich so schweigsam bin! Drei Tage hielt sie es mit mir aus, dann war es mit ihrer Geduld zu Ende. Sie nannte mich einen ›lebenden Leichnam‹ und wollte nichts mehr von mir wissen. Ist das eine Logik?«

Mit Mühe öffnete ich die Augen und sagte:

»Gute Nacht! Gehen Sie schlafen. Es ist bereits fünf Uhr!«

Maximow zog langsam den zweiten Schuh aus und rief:

»Gut! Gehen wir schlafen!«

Nach einer Minute sagte er: »Ich habe einmal ein Reiseerlebnis gehabt. In mein Abteil trat ein Fahrgast. Ich sitze in meiner Ecke und schweige wie gewöhnlich ...«

Ich schloss die Augen und begann laut zu schnarchen, um dem dummen Geschwätz ein Ende zu machen.

»... Er fragt mich: ›Wohin fahren Sie?‹«

Ich begann, lauter zu schnarchen ...

»Hm, er ist eingeschlafen! Ja, ja, die Jugend – der Student, der mit mir auf einer Bude wohnte, schnarchte auch ...«

Nun sprang ich wütend auf und rief:

»Herr, Sie behaupten, dass Sie ein Schweiger sind? Dieses Märchen können Sie einem anderen erzählen. Halten Sie doch endlich Ihren Mund! Ich will schlafen. Gute Nacht!«

Eine Weile blieb er ruhig, dann hörte ich wieder seine Stimme:

»Junger Mann, ich will Ihnen etwas sagen: Einmal komme ich in die Kirche ...«

»Schluss«, rief ich empört, »ich schlafe. Gute Nacht! Gute Nacht! Gute Nacht!«

Er knüpfte seine Krawatte auf, murmelte: »Gute Nacht«, und sprach unaufhörlich weiter. Ich zog die Decke über meine Ohren und schlief ein. Als ich erwachte, stand die Sonne hoch im blauen Himmel. Mein Bettnachbar war bereits fort. Ich kleidete mich an und verließ das Zimmer. Als ich auf die Terrasse kam, saß Maximow mit dem Rücken zu mir im Streckstuhl einer hübschen, jungen Dame gegenüber. Ich hörte, wie er zu ihr sagte:

»Lipotschka, Sie können sich mir anvertrauen! Ich bin ein Schweiger, ein Mann, dem man jedes Geheimnis verraten kann. Schütten Sie nur Ihr Herzchen aus – ich werde stumm sein wie ein Grab.«

»Hm«, machte ich, räusperte mich laut und ging vorüber.

Meine kleine Freundin

Vor etwa acht Jahren, als ich noch Hilfsbuchhalter war und hinter dem Büro beim Hauptbuch saß, erhielt ich eines schönen Tages folgenden Brief:

Lieber Sergei Iwanowitsch!

Kommen Sie sofort zu mir. Vielleicht werden Sie nicht böse sein, wenn Sie erfahren, dass ich Sie in einer dringenden Angelegenheit zum letzten Mal im Leben sprechen möchte.

Ihre kleine Freundin

Polina Tscherkesowa.

Es war gegen zwölf Uhr mittags.

Mein Gott, dachte ich, was will diese Irrsinnige von mir? Man muss hinfahren.

Als der Buchhalter meine Bitte um einen knappen Urlaub hörte, biss er die Lippen zusammen, machte ein saures Gesicht und sagte:

»Lieber Freund, Sie fahren jetzt sehr oft während der Geschäftszeit fort. Gehen Sie, aber Punkt ein Uhr kommen Sie zurück. Sie wissen, dass wir vollauf zu tun haben.«

*

Polina Tscherkesowa bewohnte ihre kleine, gemütliche Wohnung ganz allein.

»Guten Tag«, sagte ich. »Was ist denn passiert, was fehlt Ihnen?«

Sie lächelte, schaute mich mit leichenblassem Gesicht an, schaute ihre Hände an und sagte:

»Sie waren immer gut zu mir. Sie wissen ja, dass ich sonst keine Freunde habe! Ich wollte zum letzten Mal noch das Gesicht eines Freundes sehen.«

»Was soll das heißen?«

»Einige Minuten, nachdem Sie mich verlassen haben, werde ich nicht mehr auf dieser Welt sein.«

Ich sprang auf und packte sie an der Hand:

»Sind Sie wahnsinnig geworden?«

Sie schüttelte den Kopf und zeigte auf den Schreibtisch.

»Sehen Sie, dort in der Lade liegt das Gift bereit. Ich hoffe, dass Sie mir nicht widersprechen werden. Ich habe mir die Sache reiflich überlegt.«

»Weshalb?«, rief ich verzweifelt. »Was ist denn passiert?!«

»Nichts Besonderes. Eintönigkeit. Langeweile. Nichts Lichtes in der Zukunft! Wissen Sie, wir wollen die letzte Stunde meines Lebens nicht streiten. Ich fühle mich jetzt so glücklich, so froh.«

»Liebste Freundin«, sagte ich, »Sie sind einfach schlecht gelaunt. Das wird vorübergehen. Eine interessante, junge Frau und solche Gedanken! Schämen Sie sich nicht? Verbringen wir doch heute einen gemütlichen Abend. Gehen wir ins Theater.«

Sie lächelte:

»Ins Theater? Ach, Sie begreifen mich nicht. Jetzt sind das Theater und die Menschen so weit von mir. Jetzt interessiert mich, was jenseits des Lebens steht.«

Ich wusste nicht, was ich anfangen sollte. Wenn ich das alles als Scherz auffasste und sie tatsächlich verließ, konnte sie vielleicht wirklich die Dummheit begehen.

»Genug!«, rief ich barsch. »Das alles ist Unsinn!«

Ich lief zum Schreibtisch, öffnete die Lade, nahm das Fläschchen und warf es zum Fenster hinaus.

»Was machen Sie?«, rief sie erschreckt. Dann beruhigte sie sich sofort:

»Sie sind ein Kind! Zehn Minuten von hier ist eine Apotheke. Ich werde mir sofort neues Gift verschaffen.«

»Ich werde in die Apotheke gehen.«

»Alle Apotheken können Sie nicht besuchen. Außerdem habe ich an einem sicheren Ort einen Revolver versteckt. Auch die Schnur von einer Portiere würde genügen ...«

»Liebste Freundin – sagen Sie, wozu haben Sie mich gerufen?«

»Ich wollte Sie noch einmal sehen! Ist es denn so schwer, mir eine einzige Stunde zu opfern? Wir waren ja immer gute Freunde.«

»Ich werde es nicht zulassen. Ich werde nicht fortgehen.«

»Ach«, sagte sie, »ob ich einen Tag länger oder weniger lebe, was hat das für eine Bedeutung!«

Soll ich fortgehen? Dachte ich. Der Buchhalter wartet auf mich, schimpft und flucht. Er ist ein Weiberfeind und interessiert sich nicht für meine kleinen Romane. Statt einer Stunde sind bereits anderthalb vergangen. Vielleicht sollte man sie bitten, bis zum Abend zu warten?

»Hören Sie«, sagte ich unschlüssig, »warten Sie doch bis zum Abend. Ich werde Ihnen Gesellschaft leisten. Die Zeit wird vergehen.«

»Und Sie werden sich in meiner Gesellschaft nicht langweilen?«

Ich wollte antworten, dass Langeweile nebensächlich sei und dass es allein wichtig wäre, jetzt ins Büro zurückzukehren, da der Buchhalter auf den Kreditorenauszug wartete. Ich hörte im Geiste die brummende Stimme des alten Buchhalters: Um drei Uhr muss ich den Auszug haben. Sie denken nur an Weiber! Im Geschäft muss man arbeiten. An die Weiber können Sie nach Geschäftsschluss denken!

»Hören Sie«, sagte ich und nahm die Hand Polinas. »Sie werden das nicht tun. Ja? Beruhigen Sie mich! Das Leben wird Ihnen noch viel Schönes bieten. Den Abend können wir ja nett und gemütlich verbringen?«

Sie schüttelte den Kopf. »Wozu bis zum Abend warten?«

Verfluchte Person, dachte ich, ich muss doch ins Büro! Der Buchhalter wartet. Der Auszug muss um drei fertig sein.

Sie saß nachdenklich da, den Kopf gesenkt.

Soll ich fortgehen? Darf ich fortgehen? Sagte ich zu mir, und dann fragte ich noch einmal:

»Polina, warten Sie bis zum Abend! Geben Sie mir Ihr Ehrenwort!«

»Ein Ehrenwort muss eingehalten werden«, sagte die hübsche Hausfrau achselzuckend. »Wozu das Ehrenwort geben? Sie scheinen keine Zeit zu haben. Das Schicksal Ihrer kleinen Freundin lässt Sie kalt. Also schön, sagen wir uns Lebewohl und gehen Sie!«

Mein Herz erzitterte. Nein, ich konnte kein Mörder sein, ich konnte sie nicht allein lassen.

Und wieder hallte in meinen Ohren die Stimme des Buchhalters: Was ist mit der Liste der Kreditoren?! Wer soll die Liste machen?! Der Direktor? Oder vielleicht der Portier? Wenn Sie keine Lust zum Arbeiten haben, weshalb sitzen Sie denn dann im Büro? Gehen Sie. Sie schaden nur dem Geschäft.

Es vergingen zwei, drei Minuten. Ich musste etwas sagen, um diese Irrsinnige auf andere Gedanken zu bringen:

»Haben Sie Priagin gesehen?«, fragte ich.

»Priagin? Er scheint verreist zu sein.«

»Man sagt, er hatte Differenzen mit seiner Frau. Jetzt ist er jeden Tag bei seiner Geliebten.«

»Ist er mit ihr abgereist, oder allein?«

»Ich weiß es nicht. Aber ich kann es erfahren. Ich werde es Ihnen morgen telefonisch mitteilen.«

»Nein, wozu morgen? Glauben Sie, ich habe gescherzt?«

Ich schaute auf die Uhr. Es schlug drei. Da dachte ich:

Du hast beschlossen, dich zu vergiften, und brauchst dich nicht zu eilen. Niemand wird dir Vorwürfe machen. Ich aber sitze in diesem verfluchten Zimmer und werde morgen von meinem Buchhalter die größten Grobheiten hören.

»Seien Sie doch nicht so langweilig«, sagte die Selbstmordkandidatin. »Ein Glas Tee gefällig? Der Samowar ist noch warm. Tee ist sehr gut. Er beruhigt die Nerven.«

Sie ging ins Nachbarzimmer und kehrte bald mit zwei Gläsern zurück.

Inzwischen kamen mir verschiedene Gedanken. Sie will in den Tod gehen und trinkt dabei Tee. Ich aber versäume meinen Dienst! Ich habe schon so viel versäumt, dass es sich nicht mehr lohnt, ins Büro zu gehen. Ich werde Unannehmlichkeiten haben, und sie wird sich vielleicht gar nicht vergiften. Selbstmord ist eine intime Sache. Sich einen Gast einladen und mit ihm Tee zu trinken, ist taktlos. Wenn ich sie schon bitte, die Sache bis zum Abend zu verlegen, könnte sie es mir zusagen, und ich würde mit ruhigem Gewissen fortgehen. Sie braucht ihr Wort ja nicht zu halten! Aber sie stellt mich in eine solche Situation, in der man nicht fortgehen kann, aber auch das Bleiben zwecklos ist.

»Polina«, sagte ich mit zitternder Stimme und drückte fest ihre Hand. »Sie sind grausam. Haben Sie denn nicht an mich gedacht? In welche Situation versetzen Sie mich! Haben Sie geglaubt, dass ich kühl mit dem Kopf nicken und sagen würde: ›Ein Entschluss ist ein Entschluss, ich werde jetzt Ihre Hand küssen, werde dann gehen, und Sie trinken das Fläschchen?‹ Nein, so herzlos bin ich nicht!«

»Um Gottes willen, verzeihen Sie! Aber war denn mein letzter Wunsch so ungerechtfertigt? Jetzt habe ich Sie gesehen, jetzt können Sie beruhigt wegfahren mit dem Bewusstsein, dass Sie die letzten Minuten meines Lebens verschönt haben.«

Dumme Kuh, dachte ich, innerlich berstend.

Sie ließ den Kopf sinken und kreuzte ein Bein über das andere, sodass man ihre schlanken Fesseln sehen konnte.

Wozu die Beine zeigen, wenn du sterben willst? Das ist überflüssig! Nein, man muss gehen, wenn es auch nicht sehr zartfühlend sein mag.

Ich stand auf und sagte:

»Liebste Freundin, ich gehe in der festen Überzeugung, dass Sie sich die Sache noch reiflich überlegen. Auf Wiedersehen!«

»Adieu«, sagte sie. »Warten Sie, ich werde Ihnen etwas zum Andenken schenken. Diesen Ring da. Er soll Sie ab und zu an mich erinnern.«

Ich warf den Ring auf den Boden, lief hinaus und rief ihr zu:

»Lassen Sie mich in Ruhe mit Ihren Dummheiten, mit Ihren Ringen! Sie wollen eine Freundin sein? Ich pfeife auf Ihre Freundschaft.«

Auf der Gasse ging ich ruhiger und dachte:

Es hätte auch nichts geholfen, wenn ich bis zum Abend bei ihr geblieben wäre. Wenn sie als Selbstmordkandidatin Tee trinkt und ihre schlanken Beine zeigt, wozu brauche ich dann noch Unannehmlichkeiten zu haben?

Aber die Unannehmlichkeiten kamen!

Als ich am nächsten Tag ins Büro trat, sagte mir der Buchhalter mürrisch: »Sie wollten eine Stunde ausbleiben und sind überhaupt nicht mehr zurückgekommen! Ja, die Weiber, die Weiber! Solche Leute wie Sie kann ich im Büro nicht brauchen. Sie machen Ihre vierzehn Tage und gehen.«

Das war vor acht Jahren. Gestern erhielt ich einen Brief von einem meiner Freunde, in dem er mir unter anderem schrieb:

»... Erinnerst du Dich an unsere kleine Freundin Polina Tscherkesowa, an die ewige Selbstmordkandidatin? Gestern hat sie sich verlobt ...«

Nun sagen Sie mir – darf man einer Frau glauben?

Mein Reisebegleiter

Es gibt Menschen, zu denen man sich vom ersten Augenblick an hingezogen fühlt. Ihre Stimme, ihr Lächeln rufen blindes Vertrauen hervor. Und wenn man eine Stunde in ihrer Gesellschaft verbracht hat, möchte man glauben, dass man sie schon viele Jahre kennt. Ich habe einmal einen solchen Menschen getroffen. Es war ein Erlebnis, das man nicht vergisst.

*

Ich fuhr damals in der zweiten Klasse des Nachtzuges nach dem Städtchen Pitschugino, wo ich einen Vortrag über Aviatik halten sollte.

Im Abteil befand sich außer mir noch ein junger Mann, der mir von Anfang an gefiel.

Er lächelte mich freundlich an und sagte:

»Ich glaube, wir bleiben zu zweit. Das ist angenehm, nicht wahr?«

»Ja«, erwiderte ich angeregt. »Ich bin ein Feind überfüllter Coupés. Wo haben Sie übrigens Ihr Gepäck?«

Er lachte hellauf.

»Alles, was ich habe, trag' ich bei mir. – Wohin reisen Sie?«

»Nach Pitschugino. Ich soll dort einen Vortrag über Aviatik halten. Mein Name ist Worobjew!«

»Sehr angenehm«, bemerkte mein Begleiter. »Ich fahre ebenfalls geschäftlich nach Pitschugino. Mit Vergnügen werde ich Ihrem Vortrag beiwohnen. Wo findet er denn statt?«

»Im Saal der Aviatischen Gesellschaft. Ich bekomme zweihundert Rubel dafür.«

»Oho! Das ist eine schöne Summe. Um diesen Betrag kann man die ganze Aviatische Gesellschaft fliegen lassen!« sagte lachend mein Reisebegleiter.

Ich schaute auf die Uhr und gähnte.

»Man sollte eigentlich jetzt ein wenig schlafen. Wo bleibt der Kondukteur? Ich liebe es nicht, wenn man mich aus dem Schlaf weckt!«

»Legen Sie sich ruhig auf die Bank nieder«, sprach mein Nachbar und nahm eine Zeitung aus der Tasche. »Ich werde lesen. Und wenn Sie wollen, zeige ich Ihre Fahrkarte dem Kondukteur, damit er Sie nicht stört.«

»Machen Sie sich doch keine Ungelegenheiten!«, rief ich.

»Ach, ich schlafe sowieso nicht!«

Ich streckte mich auf der Bank aus und gab meinem Reisebegleiter die Fahrkarte. Dann stand ich wieder auf, nahm meinen Koffer herunter, öffnete ihn und zog ein Schlafkissen hervor.

Der junge Mann schaute mir voll kindlicher Neugierde zu und rief entzückt:

»Was für ein wunderschöner Koffer!«

»Ja, das ist ein ausgezeichnetes Stück. Ich habe es in Berlin gekauft. Da ist ein Abteil für Wäsche, hier eines für Kleider, da eine Tasche für Mundvorrat und hier eine für Banknoten, Pass und Dokumente. Ich habe diesmal meinen Pass nicht mitgenommen, aber ich glaube, dass man mir in Pitschugino keine Schwierigkeiten machen wird!«

»Das kann man nicht wissen. Der dortige Polizeimeister ist sehr streng. Ich fahre nie ohne meinen Pass.«

Er zog ihn aus der Tasche und schwenkte ihn vergnügt.

»Sie werden ihn verlieren, Sie großes Kind! Man sollte Ihnen den Pass fortnehmen und ihn aufbewahren.«

Sein sympathisches Gesicht wurde ein wenig besorgt:

»Hm, ich werde ihn nicht verlieren. Aber man kann ihn in der Nacht stehlen. Was fange ich dann an?«

»Geben Sie ihn her! Ich werde den Pass in meinem Koffer verstecken! Haben Sie Geld?«

»Woher soll ich Geld haben? Da ist mein Pass, und verstecken Sie ihn in Ihrem Koffer.«

Er schaute noch einmal neugierig herüber und sagte:

»Wenn ich einmal reich bin, fahre ich nach Berlin und kaufe mir so einen Koffer. Wo haben Sie ihn her?«

Ich nannte die Firma und sagte zu ihm:

»Sie sind ein fescher Kerl!«

Er lächelte verlegen:

»Auch Sie gefallen mir, nur aus diesem Grund habe ich Ihnen meinen Pass anvertraut.«

Ich gähnte, lehnte mich zurück, wünschte meinem Reisebegleiter angenehme Ruhe und schlief bald ein.

*

Nach einer Weile fühlte ich, wie jemand mich kräftig schüttelte und eine heisere Stimme mir zurief:

»Sie, Herr, wachen Sie doch auf!«

Ich öffnete die schläfrigen Augen und sah vor mir den Kondukteur.

»Was wünschen Sie?«, brummte ich.

»Ihre Fahrkarte!«, erwiderte der Kondukteur. Ich stand auf, sah meinen Reisebegleiter mir gegenüber sitzen und ruhig die Zeitung lesen.

»Hören Sie«, sage ich zu ihm, »haben Sie dem Kondukteur nicht meine Fahrkarte gezeigt?«

Er schaute mich erstaunt an und sagte in kühlem Ton:

»Was für eine Fahrkarte?«

»Mein Gott, ich habe Ihnen doch früher meine Fahrkarte gegeben!«

»Sie mir? Wann denn?«

»Vor einer Stunde. Sie sagten doch, ich sollte Ihnen meine Karte geben, wenn ich nicht aus dem Schlaf geweckt werden wollte.«

»Ich soll von Ihnen eine Fahrkarte genommen haben, Herr? Sie träumen! Ich habe nur meine eigene Karte, und die hab' ich dem Kondukteur vorgewiesen! Vielleicht haben Sie jemand anderem Ihre Karte gegeben!«

Das Gesicht meines Mitreisenden gefiel mir nicht mehr ...

»Junger Mann«, erwiderte ich, »das ist eine bodenlose Frechheit!«

»Schauen Sie lieber in Ihren Taschen nach!«, erwiderte er kühl und las dann ruhig seine Zeitung weiter.

An dem Gesicht des Kondukteurs konnte ich feststellen, dass er meinen Worten keinen Glauben schenkte und mich für einen blinden Passagier hielt. Um einem Skandal aus dem Wege zu gehen, zog ich meine Brieftasche und sagte dem Kondukteur:

»Wahrscheinlich habe ich die Karte verloren. Geben Sie mir eine andere!«

Der Kondukteur schüttelte misstrauisch den Kopf und gab mir eine neue Karte, für die ich einen Zuschlag zahlen musste. Dann verließ er das Abteil.

»Herr, was bedeutet das?«, fragte ich meinen Nachbar.

Er summte ein Liedchen vor sich hin, zog den Rock aus, legte ihn auf die Bank, reckte sich und ließ sich dann nieder.

»Gauner!«, rief ich ihm zu.

Er lächelte, zwinkerte freundschaftlich herüber und schloss die Augen.

»Ich dachte, dass Sie ein anständiger Mensch sind«, rief ich voll Wut, »und Sie erweisen sich als Hochstapler! Schämen Sie sich nicht? Warum schweigen Sie? Sie sind ein gewöhnlicher Eisenbahndieb, den man ins Gefängnis stecken sollte! Hol Sie der Teufel!«

Ein Schnarchen war die Antwort.

Ich war empört und schimpfte eine ganze Stunde lang. Dann wurde ich müde, lehnte mich zurück und dachte im Einschlafen: Wart nur, du Gauner! Deinen Pass werde ich der Polizei übergeben ...

*

Ich erwachte ziemlich spät. Mein Reisebegleiter war schon auf, aß mit Appetit ein belegtes Brötchen und trank ein Glas Tee.

»Darf ich Ihnen ein Schinkenbrötchen anbieten?«, sagte er mit freundlichem Lächeln, als ob nichts vorgefallen wäre.

»Scheren Sie sich zum Teufel!«

Er schaute mich an und sprach:

»Hm, das Wetter bessert sich, es hat aufgehört zu schneien.«

Ich übersah ihn vorläufig, saß in meiner Ecke und wartete, bis er den Pass zurückverlangen würde. Aber er sprach kein Wort über den Pass und verzehrte mit Seelenruhe seine Schinkensemmel.

Inzwischen studierte ich das Material für meinen Vortrag.

Endlich unterbrach mein Reisebegleiter das Schweigen:

»Die Aviatik muss eine sehr interessante Sache sein. Die Zeitungen schreiben sehr viel über Flieger!«

»Ich bitte, mich in Ruhe zu lassen!«, erwiderte ich.

»Diese Flugzeuge, Luftschiffe und die übrige Aviatik befinden sich noch in den Kinderschuhen«, fuhr er gelassen fort. »Und da behauptet man, dass die Luft bereits bezwungen sei.«

»Das ist keine Wissenschaft für Eisenbahndiebe!«, bemerkte ich voll Wut. Seine Frechheit entwaffnete mich jedoch.

»Die nächste Station ist Pitschugino«, sprach er, »wir müssen dort den Zug verlassen!«

Gleich wird er um seinen Pass bitten, dachte ich.

Aber er zog seinen Mantel an, legte die Zeitung in die Seitentasche, nickte mir freundlich zu und ging in den Korridor.

Der Zug blieb stehen.

Ich kleidete mich an, nahm meinen Koffer und verließ den Waggon. Da kein Träger auf dem Perron stand, musste ich ihn selber tragen. Plötzlich hörte ich hinter mir Schritte, jemand packte mich bei der Hand:

»Ist er das?«

»Ja, das ist er!« ertönte die wohlbekannte Stimme meines Reisebegleiters. »Stellen Sie sich vor, er hat meinen Koffer ergriffen und ist davongerannt. Was sagen Sie dazu, Herr Wachtmeister?«

Ich versuchte, mit Mühe die Hand fortzureißen.

»Das ist ein alter Trick«, fuhr der junge Mann fort, »Herr Wachtmeister, verhaften Sie den Herrn!«

»Was unterstehen Sie sich? Das ist mein Koffer! Ich kann genau angeben, was er enthält ...«

»Machen Sie sich nicht lächerlich. Ich habe diesen Koffer in Berlin gekauft. Und weil ich ihn in Ihrer Anwesenheit einige Mal geöffnet habe, wissen Sie vielleicht den Inhalt. Aber wenn das Ihr Koffer ist – sagen Sie mir doch, wessen Pass in der Geheimtasche liegt? Sie schweigen? Was für ein Pass befindet sich also im Koffer? Auf wessen Namen lautet der Pass?«

Mein Mitpassagier hob den Koffer auf und sagte zum Wachtmeister: »Nehmen Sie den Mann mit. Er wird gewiss seine Tat bereuen. Gott mit ihm!«

Dann verschwand er mit meinem Koffer, und ich wurde abgeführt ...«

*

Ich schlief die ganze Nacht mit Verbrechern zusammen, in aller Frühe wurde ich verhört. Dabei fiel zufällig mein Blick auf eine Zeitung, die auf dem Tisch des Polizeioffiziers lag. Ich las eilig folgende Notiz:

»Der gestern gehaltene Vortrag des Herrn Worobjew aus Petersburg über ›Moderne Aviatik‹ endete mit einem großen Skandal. Es erwies sich, dass der Vortragende keine Ahnung von seinem Thema hatte. Das zahlreiche Publikum brüllte vor Lachen, als der Vortragende die Wörter Aerostat mit Aeroplan verwechselte und ähnlichen Unsinn sprach.

Bedauerlich ist jedoch, dass der Lektor sich das Honorar im Voraus bezahlen ließ und während des Skandals damit durchging.«

Selbstverständlich konnte ich meine Schuldlosigkeit beweisen. Aber mein wunderschöner Koffer war fort und mein Ansehen als Aviatikfachmann dahin!

Sagt, was ihr wollt! Ich halte nichts mehr von den Menschen ...

Petrow und ich

Einmal fuhren wir von Moskau nach dem Kaukasus. Wir saßen zu dritt im Abteil, ich beim Fenster, mein Freund Petrow in der Mitte, neben ihm ein Herr mit blitzenden dunklen Augen. Der Unbekannte trug einen Gehrock, sein Hals war mit einem bunten Tuch umhüllt, er sah wie ein Gelehrter aus.

Kaum hatte sich der Zug in Bewegung gesetzt, als ich aus meiner Tasche eine Zeitung nahm und sie zu lesen begann.

»Wie wenig wir doch an unsere Gesundheit denken«, bemerkte plötzlich der Unbekannte und wandte sich zu mir.

»Wieso denn?«, fragte ich neugierig.

»Jetzt zum Beispiel: Sie lesen. Wissen Sie denn nicht, dass das Lesen im Zug, wenn man in der Fahrtrichtung sitzt, eine eminente Gefahr für die Augen bedeutet?«

»Was für eine Gefahr?«

»Sie wissen es wirklich nicht? Sonderbar! Ein deutscher Professor hat entdeckt – Lesen im Zug ist Gift für die Augen.«

Er schwieg. Ich blätterte nervös in meiner Zeitung, dann legte ich sie zur Seite.

»Darf ich sie ansehen?«, fragte der Unbekannte.

»Gern. Aber werden Sie sich nicht auch die Augen verderben?«

»Ach, ich bin in dieser Beziehung anders ... Ein Selbstmörder ... Es gibt solche Menschen! Einmal gab man mir

Kokain, und ich schluckte es löffelweise. In Petersburg rauchte ich die Zigaretten eines Cholerakranken – mir geschieht nichts.«

Mein Freund schlug die Hände zusammen.

»Mein Gott, da wird einem ja ganz kalt!«

»Das glaub' ich! Ja, Gefahren lauern überall ... Oft weiß man es gar nicht. Sie zum Beispiel sitzen beim Fenster. Es ist undicht verschlossen, durch die Ritzen kommt ein Zugwind, er dringt in die Poren Ihrer Lunge ein, zerstört die Lungenbläschen, sie platzen, es bilden sich Blutstauungen, und das Ergebnis ist Tuberkulose.«

»Was soll man machen«, erwiderte ich hilflos. »Irgendjemand muss doch beim Fenster sitzen.«

»Wenn Sie wollen, wechseln wir die Plätze«, bemerkte rasch der Unbekannte.

»Und Ihre Lunge?«

»Ach was! Ich bin gegen Verkühlungen gefeit. Wozu noch lange drüber reden! Wechseln wir die Plätze.«

Ich gehorchte ihm stumm.

*

Es ist langweilig im Zug, wenn man nicht lesen kann. Mein Freund und ich saßen schweigend da, hier und da warfen wir einander einen Satz zu:

»Wann werden wir in Tiflis sein?«

Der Unbekannte hatte indes die Zeitung beendet, gähnte und sagte leise:

»Jetzt wär' es gut, ein Nickerchen zu machen.«

Dann blickte er Petrow an und bemerkte:

»Das ist die gefährlichste Strecke.«

»Warum?«

»Weil hier täglich Eisenbahnkatastrophen vorkommen.«

»Was Sie sagen! Weshalb liest man das nicht in den Zeitungen?«

»Die Direktion verheimlicht es. Die Bahn könnte leiden, wenn weniger Leute reisen ... Und dabei so viele Opfer ...«

»Sehr unangenehm«, sagte seufzend mein Freund.

»Vor allem ist es peinlich, dass die Waggons wahre Mäusefallen sind. Die Wagen sind sehr schmal gebaut. Wenn wir so sitzen, die Füße an die Wand gelehnt, und ein Zusammenstoß passiert, sind wir verloren ...«

»Warum?«

»Unsere Füße berühren die Wände des Abteils. Und nun stellen Sie sich vor, ein anderer Zug fährt in unseren hinein. Sofort wird die Wand des Nebenwaggons an unseren Wagen gedrückt und damit unser ganzer Körper zerquetscht.«

»Wenn man aber im Korridor steht, gibt es keine Gefahr ...«

»Nein, keinesfalls. Die Seitenwände sind ungefährlich. Bloß die vordere und rückwärtige Wand kommen infrage. Ich kannte einen Elektrotechniker, der sich als einziger bei einer solchen Katastrophe rettete, weil er im Korridor stand.«

Wir sprachen kein Wort, blickten uns an und verstanden uns sofort.

Wenige Augenblicke später stand ich auf.

»Mein Fuß ist eingeschlafen. Ich werde ein wenig auf und ab gehen.«

»Ich begleite dich!«, rief Petrow. »Ich will ohnedies eine Zigarette rauchen.«

Wir verließen das Abteil und gingen auf den Gang.

*

Als wir draußen standen, rauchten wir unsere Zigaretten an. Petrow sagte lachend zu mir:

»Das haben wir gut gemacht.«

»Ja, wenn wir sogleich das Abteil verlassen hätten, würde er uns für Feiglinge gehalten haben.«

»Ganz gewiss.«

»Der Mann hat starke Nerven. Zu denken, dass es jeden Augenblick zu einem Zusammenstoß kommen kann, und dabei so ruhig zu sprechen! Sieh nach, was er macht!«

Petrow ging zur Tür und kam bald zurück.

»Er liegt auf der Bank, hat die Augen geschlossen und schläft.«

»Komm in die Mitte des Korridors!«

Je weiter wir fuhren, umso wärmer wurde es. Man merkte, dass wir uns dem Süden näherten.

»Sollen wir nicht ein Fenster öffnen? Draußen scheint die Sonne.«

Wir versuchten es, aber fast alle waren verkittet. Endlich brachten wir ein Fenster auf. Laue Luft strömte herein.

»Welche Luft! Ja, der Kaukasus!«

Wir standen beinahe zwei Stunden beim offenen Fenster und waren über die reizende Landschaft begeistert. Plötzlich ertönte hinter uns eine Stimme:

»Was machen Sie da?«

Wir drehten uns um. Unser Nachbar stand hinter uns.

»Wir atmen die laue Luft, wir bewundern die Landschaft!«

»Ich werde auch ein Fenster öffnen.«

»Das geht nicht. Sie sind alle verkittet. Nur dieses hier haben wir aufgebracht.«

»Ja«, sagte nach einer Weile der Unbekannte. »Der Kaukasus ist schön und exotisch, aber sehr wild. Das ist ein richtiges Räuberland. Man steht ahnungslos am Fenster und plaudert, da kommt von irgendwoher eine Kugel geflogen, trifft einen, man fällt nieder und ist tot ... Ja, die Kaukasier sind eben räuberisch veranlagt! Lesen Sie übrigens keine Zeitungen? Unlängst stand ein Klavierstimmer beim Fenster. Ein Schuss – er schreit auf und stürzt zusammen!«

»Um Gottes willen, wer schießt denn?«

»Die Einwohner. Wer die meisten Passagiere niederknallt, genießt den größten Ruhm im Dorf. Ein Mädchen heiratet einen Mann nur dann, wenn er mindestens zehn Fahrgäste erschossen hat.«

»Hol's der Teufel – schließen wir das Fenster!«

Wir zogen uns eilig zurück. Der Unbekannte stellte sich an unseren Platz und sagte lachend:

»Ich riskiere es. Ich liebe es, mein Leben aufs Spiel zu setzen. Wenn mich eine Kugel trifft, schicken Sie mein Gepäck nach Tiflis, Hotel Metropole, an Michalenko.«

*

Als wir in Tiflis den Wagen verließen, sahen wir, dass eine schlanke, junge Frau unseren Unbekannten erwartete. Sie küsste ihn und sagte:

»Wie bist du gefahren, Paul?«

»Ausgezeichnet. Solange man solche prachtvollen Reisebegleiter hat, ist das Reisen ein Vergnügen.«

Als wir uns ins Auto setzten, sagte Petrow:

»Hast du das gehört? Es scheint, dass wir ihm gefallen haben ...«

Ich zuckte die Achseln.

»Warum nicht?«

Heimlich aber dachte ich: Er hat sich über uns lustig gemacht. Vielleicht gibt es gar keine Räuber im Kaukasus?

Seit dieser Zeit glaube ich nichts von dem, was mir einer im Zug erzählt ...

Segelregatta

Wenn dich einmal der Zufall an die finnische Küste des Baltischen Meeres führt und du in das Dörfchen Merikjarwi kommst, dann nenne beileibe nicht den Namen Awertschenko. Ich fürchte, die Finnen würden ihm nicht mit der gebührenden Achtung begegnen und vielleicht sogar zu fluchen beginnen.

*

Zu Anfang wusste ich noch nichts von Merikjarwi, denn ich lebte dreißig Werst von diesem Dörfchen in dem Küstenort Kuomaki.

Ich war mit einer kleinen Segeljacht gekommen und unternahm ab und zu Fahrten auf dem Meer.

Am dritten Tage nach meiner Ankunft erfuhr ich, dass die Finnen den Platz, an dem ich gelandet war, den »Jachtklub« benannt und mich zum Präsidenten ernannt hatten. Zuerst wollte ich nichts von diesem Ehrentitel hören, aber später sagte ich mir: Warum soll ein Dichter kein Präsident sein?

Die Nachricht vom Präsidenten und seinem Jachtklub verbreitete sich rasch in der Umgebung und erreichte auch Merikjarwi. Ich selbst bin an dieser Geschichte schuldlos.

Eines Tages bekam ich folgenden Brief:

Verein für Seesport und physische Entwicklung, Merikjarwi

Herrn Präsidenten des Jachtklubs Arkadij Awertschenko

Sehr geehrter Herr!

Zur Förderung und Entwicklung des Segelsportes schlägt der obgenannte Verein Ihrem Jachtklub vor, eine Schnelligkeitsregatta zu arrangieren. Das Ziel ist unsere Stadt Merikjarwi, der Abfahrtsort Kuomaki.

Zur Anspornung der Teilnehmer stiftet die Stadt Merikjarwi folgende Preise:

Dem ersten Segler, der in kürzester Zeit vom Startort unsere Küste erreicht, einen Ehrenpokal und eine goldene Plakette.

Dem zweiten und dritten geschmackvoll ausgeführte Ehrendiplome.

Die Segelregatta findet nächsten Sonntag um 2 Uhr Nachmittag ab Kuomaki statt.

Wollen Sie uns umgehend Ihr Einverständnis mitteilen.

Mit vorzüglicher Hochachtung Mutonen, Präsident (m. p.).

*

Ich setzte mich zum Schreibtisch und schrieb folgende Antwort:

Jachtklub Kuomaki, Finnland

Herrn Präsidenten des Vereines für Seesport und physische Entwicklung, Mutonen

Sehr geehrter Herr!

Das Präsidium des Jachtklubs Kuomaki teilt Ihnen mit, dass Ihr Vorschlag in einer Sondersitzung einstimmig angenommen wurde. Wir starten nächsten Sonntag pünktlich um 2 Uhr. Für die ausgesetzten Preise danken wir herzlich.

Mit vorzüglicher Hochachtung Awertschenko, Präsident (m. p.).

*

Der nächste Sonntag brach an.

Ich frühstückte in aller Ruhe, zog mich an, setzte mich in meine kleine Segeljacht und nahm Richtung auf die unbekannte, geheimnisvolle Stadt Merikjarwi.

Das Segeln war ruhig und angenehm. Da ich mich nicht beeilen musste, zündete ich mir eine Zigarette an und war in ausgezeichneter Stimmung.

Als ich bald darauf einen Fischkutter traf, fragte ich, ob es noch weit bis Merikjarwi sei.

»Das ist nicht weit«, antworteten die braven Fischer. »Von hier noch drei Werst.«

Tatsächlich sah ich nach zehn Minuten einen Granitfelsen, dann einen sandigen Strand, darauf eine Gruppe von Häusern, einen kleinen Hafen, einen Kai voll mit Menschen und eine mit Laub geschmückte Ehrenpforte. Ich lenkte mein Boot zum Hafen. Wenige Augenblicke später wurde ich von vielen Händen in die Höhe gehoben und geschaukelt. Die Damen warfen mir Blumen zu.

Unter der finnischen Bevölkerung, die bekanntlich sehr phlegmatisch ist, befanden sich auch einige Sommerfrischler aus Petersburg. Sie machten Wirbel und riefen:

»Hurra! Hoch Awertschenko! Es lebe der Sieger!«

Mein Herz zitterte stolz und freudig. Ich fühlte mich als Held, meine Augen glänzten.

»Wo sind die anderen?«, fragte ein Sommerfrischler.

»Ich weiß nicht«, erwiderte ich unschlüssig. »Ich habe sie nicht gesehen.«

»Hurra!«, riefen die Leute.

Ein Mädchen überreichte mir einen Rosenstrauß und sagte:

»Sie sind gewiss wie ein Pfeil über das Wasser geflogen!«

»O nein. Im Gegenteil ...«

Niemand wollte mir glauben.

»Geben wir ihm sofort den Preis!«, riefen die Sommerfrischler. »Wozu auf die anderen warten? Wer weiß, wann sie kommen!«

Ich versuchte zu protestieren, ich erklärte, dass dies nicht den Regeln entspreche. Aber die begeisterte Menge wollte nichts davon hören.

»Gebt ihm die goldene Plakette und den Pokal!«

Man schaute gleichzeitig auf das Meer, und da man am fernen Horizont keine weiteren Segelboote sah, kannte der Jubel der Menge keine Grenzen.

Mir wurde die Situation ein wenig peinlich. Ich rief den Präsidenten Mutonen zur Seite und sagte leise:

»Herr Präsident, ich muss fort. Ich habe zu Hause noch dringende Angelegenheiten zu erledigen.«

»Nein!«, rief der Präsident und umarmte mich. »Das wäre gänzlich gegen das Sportreglement. Sie werden vor der Abfahrt bekommen, was Sie verdient haben.«

Er nahm von einem Tisch, der mit grünem Tuch bedeckt war, den Ehrenpokal und die goldene Plakette. Dann überreichte er mir beides mit folgender Ansprache:

»Herr Präsident und Sieger! In einem gesunden Körper steckt eine gesunde Seele. Sie haben dies und das. Sie sind stark, kühn und zugleich bescheiden. Ihre heutige Leistung wird nicht vergessen werden, denn Sie haben das stürmische Meer bezwungen. Sie waren der Erste. Diese bescheidenen Gaben sollen den Sportgeist in Ihnen erhalten. Hurra! Hurra! Hurra!«

Ich nahm die Preise, steckte sie ein und dachte:

Wie dem auch sei – ich bin der Erste gewesen. Und wenn ich nun einmal als Erster das Ziel erreicht habe, so gebührt mir der Preis. Ich könnte ja auch den zweiten und dritten beanspruchen, aber – Gott mit ihnen!

Von Hurra- und Hochrufen begleitet, sprang ich in mein Boot, hisste die Segel und flog wie ein Pfeil davon. Die Sportsleute von Merikjarwi setzten sich auf den Landungssteg und warteten auf meine Konkurrenten. Sie schauten begierig auf das große, breite Meer.

*

Wenn jemand von euch Lesern einmal an die baltische Küste kommt, in das Städtchen Merikjarwi gerät und dort beim Hafen am Landungssteg auf Menschen stößt, die noch immer auf die anderen Segelboote warten, so soll er ihnen sagen, dass sie ruhig nach Hause gehen und sich mit ihren Geschäften befassen können.

Wozu unnütz dasitzen und warten!

Stepa und der Indian

Die Frau trat zu ihrem Mann ins Zimmer und sagte: »Wassilij Nikolajewitsch, dein Neffe ist gekommen!«

»Was will er denn?«

»Gratulieren!«

»Zum Teufel mit ihm!«

»Er ist doch ein Verwandter. Dazu noch ein armer Teufel! Geh hinaus und schenk ihm was.«

»Kannst du das nicht besorgen?«

»Ach Gott, ich kann mich wirklich nicht zerreißen! Jetzt muss ich noch den Indian braten.«

»Hm, Indian – was tun wir damit?«

»Du hast doch für heute und morgen Gäste eingeladen! Was für ein Unglück! Mit einem einzigen Indian kann man nicht so viel Leute bewirten. Ich bin ganz verzweifelt.«

»Kann man nicht die eine Hälfte heute und die andere morgen servieren?«

»Willst du, dass man sich über uns lustig macht? Morgen weiß es die ganze Stadt.«

»Ja, ja, eine peinliche Geschichte – wo ist der Dummkopf, der Stepa?«

»Stepa? Der sitzt im Vorzimmer.«

»Schick ihn herein.«

Der Neffe kam. Er war ein großer, stämmiger Bursche mit breitem Mund, verschwommenen Augen und überlangen Armen. Seine Haare fielen tief ins Gesicht und verdeckten die Stirn.

»Ich gratuliere dir zu den Feiertagen, Onkel.«

»Danke, ja. Hm – was ich sagen wollte: Wir haben da ein Unglück im Haus, nur einen Indian, aber heute und morgen Gäste. Weißt du, was man da machen kann.«

Stepa biss die Lippen zusammen und dachte nach.

»Jemand von den Gästen müsste sagen, dass es schade ist, den Indian anzuschneiden.«

Der Onkel überlegte, dann sagte er nachdenklich:

»Stepa, du wirst zu Mittag bei uns bleiben. Wenn man den Indian hereinträgt, wirst du Einspruch erheben.«

»Und wenn die Gäste über mich herfallen?«

»Sie werden sich schämen und nichts tun. Vielleicht werden sie sogar meinen, du seist ein origineller Kauz. Ich werde der Form halber anbieten, aber du musst ihn zurückweisen. Was stehst du, Stepa? Setz dich!«

»Onkel«, sagte Stepa entschlossen und schaute seine zerrissenen Sohlen an. »Sie müssen mir aber neue Schuhe kaufen.«

»Schon gut«, rief der Onkel gedankenlos. »Du sollst haben, was du willst.«

*

Als die Gäste an der Tafel saßen, wies der Onkel auf Stepa und sagte:

»Meine Herrschaften, das ist mein Neffe – ein origineller Kauz. Stepa Fedorowitsch, nehmen Sie Platz. Ein Gläschen Wodka gefällig?«

Stepa lächelte, rieb die knochigen Hände und trank den Schnaps in einem Zug aus.

»Ich kenne einen General«, sagte er dann, »der trinkt Wodka direkt aus der Flasche.«

»Ist das der General, bei dem du Taufpate warst?«, rief großartig der Onkel.

»Nein«, sagte Stepa obenhin. »Es ist ein anderer. Als ich unlängst im Ausland war, habe ich sehr viele Generäle gesehen.«

»Sie waren im Ausland?«

»Ach, ich mache jährlich Auslandsreisen. Ich liebe die italienische Oper. Überhaupt bin ich ein lebenslustiger Mensch. Ja, meine Herrschaften«, sagte er und biss energisch in ein Kaviarbrötchen, »man muss sich zu helfen wissen.«

»Stepa Fedorowitsch, essen Sie doch! Ein Pastetchen zur Suppe!«

»Die Engländer essen überhaupt keine Suppe. Wozu Suppe essen? Ja, in England ...«

Stepa hat das Gespräch an sich gerissen. Er erzählt die unglaublichsten Abenteuer. Eben erzählt er von der Verhaftung eines internationalen Fassadenkletterers, da öffnet sich die Tür, und Dascha kommt mit einem knusprig gebackenen Indian ins Zimmer.

Alle sehen ihn gierig an.

Stepa schlägt die Hände zusammen und ruft:

»Auch das noch? Nein, es ist unglaublich! Meine Herrschaften – haben wir nicht schon genug gegessen? Ich für meine Person muss sagen, dass es zwecklos ist, den Indian anzuschneiden.«

Die Gäste murmelten etwas und schüttelten die Köpfe.

»Das meine ich auch«, rief Stepa. »Tragen Sie doch den Indian hinaus.«

»Schade«, sagte der Hausherr. »Schade. Aber wenn die Herrschaften darauf bestehen, dann bringen Sie doch, Dascha, den Indian wieder in die Küche zurück. Sonderbar, dass Sie keinen Appetit mehr haben. Es ist ein schöner Indian und überdies mit Kastanien gefüllt.«

»Mit Kastanien?«, murmelte Stepa dumpf. »Mit Kastanien?« Und dann gab er sich plötzlich einen Ruck.

»Wenn er wirklich mit Kastanien gefüllt ist«, sagte er, »dann ist es etwas anderes. Man muss ein Stückchen kosten.«

Das Tranchiermesser in der Hand des Hausherrn zitterte. Er hatte nur noch die Hoffnung, dass Stepa sagen würde: »Ich habe einen Scherz gemacht – fort mit dem Indian.«

Aber Stepa sagte entschieden: »Onkel, schneiden Sie mir dieses Stück ab.«

»Bitte«, flüsterte der Onkel außer sich.

»Wenn er nun noch einmal angeschnitten ist, darf ich auch um ein Stückchen bitten«, bemerkte lachend die Nachbarin Stepas, ein reizendes junges Mädchen.

»Und mir auch!«

Nach wenigen Minuten war der Indian verschwunden.

Der Hausherr stand auf, sah Stepa an und sagte:

»Übrigens – ich hatte vergessen, Ihnen vorhin auszurichten, dass der General angerufen hat. Sie sollen sich bei ihm melden. Kommen Sie, ich zeige Ihnen das Telefon.«

Stepa erhob sich langsam und folgte dem Onkel wie einer, der zum Tode verurteilt ist.

*

Der Onkel schloss die Tür dicht hinter sich und sagte:

»Du Lump! Was soll das bedeuten? Du hast fast allen Fisch aufgegessen; drei Schnitzel verschlungen und den

142

ganzen Salat. Am Schluss aber hast du ein Stück Indian verlangt, obwohl du ihn hättest zurückschicken sollen. Willst du mir das erklären?«

Stepa drückte die Hand an seine Brust und sagte traurig:

»Onkel, warum haben Sie mir nicht vorher gesagt, dass der Indian mit Kastanien gefüllt ist. Ich esse Kastanien leidenschaftlich gern. Noch nie hab' ich einen Indian mit Kastanien gegessen ...«

Der Onkel packte Stepa am Kragen, schüttelte ihn und stieß ihn auf den Korridor.

»Hinaus!«

Stepa stand im Stiegengang. Das Haar fiel ihm in die Stirn. Seine Mundwinkel hingen herab.

»Onkel, und die Schuhe?«, fragte er sanft.

Dann drehte er sich um und ging seufzend die Treppe hinunter.

Wahrheit oder Dichtung

Ich saß in der Theatergarderobe einer bekannten Schauspielerin und sah zu, wie sie sich schminkte. Ihre zarten, schlanken Hände erfassten rasch die Pinselchen, Puderquasten, Lippenstifte und fuhren über Wangen, Augenbrauen und Lippen.

Sie hat wunderbare Hände, wie aus Marmor gemeißelt, dachte ich. Sie ist einfach entzückend! Und unwillkürlich sagte ich halblaut:

»Schura, Sie sind entzückend! Sie gefallen mir! Ich liebe Sie!«

Sie schrie leise auf, schlug nervös die Hände zusammen, wandte sich um, und nach einer Minute lag sie in meinen Armen.

»Liebster, endlich hast du das entscheidende Wort gesprochen. Ich habe so lange auf diese Worte gewartet. Warum hast du mich gequält? Ich liebe dich!«

Ich zog sie schweigend an mich und küsste sie ...

Schura lächelte.

»Kind«, sagte ich, »jetzt hast du mich an das zarte, hübsche Mädchen aus dem Stück ›Die Chrysanthemen‹ erinnert: Weißt du, in dem Augenblick, da sie sich in die Arme des Gutsbesitzers stürzt. Sie ruft in demselben Tonfall: ›Ich liebe dich!‹«

Unser Leben war schön und wolkenlos.

Ab und zu zankten wir uns. Diese Streitigkeiten entstanden immer wegen irgendeiner Dummheit.

Das erste Mal begannen wir damit, weil ich bemerkte, dass Schura, als ich sie küsste, den Spiegel studierte und den Kuss darin betrachtete ...

Ich wandte mich ab und sagte:

»Weshalb schaust du weg, wenn ich dich küsse?! Denkt man in einem solchen Augenblick an den Spiegel?«

»Siehst du«, antwortete sie sichtlich verlegen, »du hast mich ein wenig ungeschickt umarmt. Du hast mich nicht um die Taille, sondern um den Hals gefasst, und Männer müssen eine Frau um die Taille fassen.«

»Was heißt das: *Müssen?*« fragte ich erstaunt. »Gibt es denn ein verbrieftes Recht, dass man eine Frau nur um die Taille fassen darf?«

»So eine Regel gibt es nicht. Du musst aber einsehen, dass es sonderbar ist, wenn ein Herr eine Dame um den Hals nimmt. Das ist einfach lächerlich!«

Ich war beleidigt und sprach mit Schura zwei Stunden lang kein Wort.

Dann kam sie zu mir geschlichen, schlang ihre zarten, schlanken Arme um meinen Hals, küsste mich leidenschaftlich und sagte:

»Mein Dummes, wer wird denn gleich so böse sein! Ich will aus dir einen klugen, interessanten Mann machen. Und dann will ich, dass du unter meinem Einfluss eine Rolle spielst. Ich will dir nur den Weg ebnen!«

Bald darauf ging sie ins Theater. Die Phrasen kamen mir bekannt vor. Ich hatte sie schon irgendwo gehört. Und plötzlich erinnerte ich mich. Unlängst wurde im Theater ein Stück: »Das Rad des Lebens« gespielt. Schura spielte die Hauptrolle und sagte, als sie den Helden küsste:

»Mein Dummes, wer wird gleich so böse sein!« und so weiter ...

Sonderbar, sagte ich mir, man weiß wirklich nicht, was bei ihr Wahrheit und was Dichtung ist!

*

Seit jenem Tage begann ich Schura zu beobachten, und nach und nach überzeugte ich mich, dass zu mir nicht Schura, sondern die Schauspielerin sprach. Bald sah ich vor mir die leidende Wera aus dem Drama »Die Unglücklichen«, bald die Heldin der Tragödie »Man liebt nur einmal«, bald die Grande Dame aus irgendeinem

Lustspiel. Wenn ich zum Stelldichein zu spät kam, fand ich nicht Schura, sondern eine tragische Heldin, die ihre Hände zusammenschlug und mir mit zitternder Stimme zurief:

»Liebster! Ich klage dich nicht an. Ich habe dich nicht in meine Netze gelockt! Ich habe nie die Freiheit eines Menschen, den ich liebe, beeinträchtigt. Ich sehe nur einen Ausweg, der es mir ermöglicht, diese Ketten zu zerreißen – das ist der Tod!«

»Hör auf!«, rief ich nervös. »Das ist ja die Szene aus dem zweiten Akt des Stückes ›Die lebend Begrabenen‹. Du spielst die Rolle der Olga!« Sie lächelte bitter:

»Haha, du willst mich kränken – schön! Quäle, erniedrige mich, nur um eines bitte ich dich: Wenn wir auseinandergehen, bewahre mir ein gutes Andenken!«

»Verzeih«, unterbrach ich sie, »im Text heißt es – ein treues Andenken. Hast du den Monolog aus dem vierten Akt, siebente Szene, der ›Sturmvögel‹ vergessen?«

Sie schaute mich leidend an, brach im Sessel zusammen, schaute heimlich in den Spiegel und studierte die Pose.

Endlich wurde mir die Sache zu dumm, ich zog meinen Mantel an und wollte davon.

Sie schaute mich an und rief schluchzend:

»Du gehst?«

»Höre, Kind!«, rief ich empört. »Auch das ist nicht dein eigenes Wort. Dieser Satz ist aus dem Stück ›Weib und Leidenschaft‹! Das sagt die Gräfin, als sie der Fürst verlassen hat. Du selbst hast diese Rolle gespielt. Auf der

Bühne ist es vielleicht ein Spaß, aber wozu diese Scherze im Leben? Meine Liebe sei, wie du in Wirklichkeit bist. Ich will die Schura lieben und mit Schura sprechen, aber nicht mit einer Fantasiegestalt, die in den Gehirnen verschiedener Dramatiker entstanden ist. Sei natürlich!«

Ihre Augen waren voll Tränen, sie stürzte zu mir, umfasste und küsste mich und rief nervös:

»Ich liebe dich! Du bist wieder zurück, Liebster!« Dann fasste sie meine Hand, schmiegte sich an mich und weinte vor Glück ...

*

Als ich sie beruhigt hatte, fuhr ich ins Amt und kehrte zu Mittag zurück. Schura war nicht wiederzuerkennen. Sie war ganz aus der Theaterrolle gefallen, war die Natürlichkeit in Person. Sie lief mir im Vorzimmer entgegen, küsste mich auf die Stirn, zupfte mich beim Ohr und rief:

»Mein liebes, gutes, altes Eselchen ist gekommen!«

Am Abend spielte sie in einer Premiere. Selbstverständlich war ich im Theater. Im zweiten Akt trat ein dicker Mann auf, er spielte die Rolle des betrogenen Ehegatten. Schura, die seine Frau spielte, lief ihm entgegen, lächelte, küsste ihn auf die Stirn, zupfte ihn am Ohr und rief:

»Mein liebes, gutes, altes Eselchen ist gekommen!«

Das Publikum brach in lautes Lachen aus, aber ich saß da und lachte nicht ...

*

Heute bin ich der glücklichste Mensch der Welt. Heute habe ich Schuras eigentliche, urwüchsige Natur kennengelernt.

Ich saß im Sprechzimmer und schaute die neueste Nummer der Bühnenzeitschrift durch, da hörte ich in der Küche die Stimme Schuras. Ich stand auf, öffnete leise die Tür und horchte ein wenig. Dann rannen die Freudentränen über meine Wangen. Zum ersten Mal hörte ich die Stimme Schuras ohne Theaterphrasen.

Sie zankte mit der Wäscherin:

»Wird so gewaschen? Was sind das für Strümpfe? Das sind doch gar nicht meine Seidenstrümpfe! Woher sind sie, woher diese Löcher? Was? Wenn Sie nicht waschen können, dann scheren Sie sich zum Teufel. Suchen Sie sich ein anderes Handwerk! Werden so die Hemden für meinen Mann gebügelt? Das ist ein Skandal. So ein Trampel!«

Ich hörte diese Worte, und sie erklangen mir wie paradiesische Musik. »Das ist Schura! Die natürliche, wahre Schura!« rief ich leise ...

Übrigens, verehrter Leser, bist du mit der allerneuesten dramatischen Literatur bekannt? Gibt es vielleicht ein Stück, in dem die Hausfrau ein derartiges Gespräch mit der Wäscherin führt? Wenn ja, dann verständige mich, bitte!

Was für Lumpen sind doch die Männer

Der Chef des Verkehrsdienstes, der alte Mischkin, rief das Schreibmaschinenfräulein Ninotschka in sein Kabinett. Er überreichte ihr zwei Bogen und bat sie, diese Abschrift auf der Maschine fertigzustellen.

Als Mischkin ihr die Papiere gab, schaute er Ninotschka aufmerksam an, und da die Sonnenstrahlen ihre Figur streiften, fiel sie ihm ganz besonders auf.

Vor ihm stand ein schlankes, reizendes Mädchen mit einem wunderschönen Gesichtchen, tiefen dunkelblauen Augen und entzückendem blonden Haar.

Er trat näher an sie heran und sagte:

»Hm, also Sie werden diese Akten abschreiben, ich bemühe Sie doch nicht zu sehr?«

Ninotschka schaute ihren Vorgesetzten an und erwiderte:

»Ich bekomme ja mein Gehalt dafür!«

»So, so, Gehalt, das ist richtig. Sagen Sie, Fräulein, schmerzt Sie nicht die Brust, wenn Sie sich lange über die Maschine beugen? Es wäre schade um so ein hübsches, junges Ding.«

»Nein, danke, mich schmerzt nichts.«

»Das freut mich. Und fröstelt es Sie nicht?«

»Weshalb soll mir denn kalt sein?«

»Sie haben eine so dünne Bluse, der Arm schimmert durch. Was für schöne Arme! Haben Sie auch Muskeln?«

»Bitte, lassen Sie meine Arme in Ruhe!«

»Einen Moment ... warten Sie, warum reißen Sie sich los? Ich wollte ja nur Ihre Muskeln prüfen.«

»Lassen Sie meine Hand, Sie tun mir weh, Sie Lump!«

Ninotschka riss sich aus den zitternden Armen des alten Mischkin los und lief ins Arbeitszimmer. Der linke Arm tat ihr über dem Ellbogen weh.

»Na warte«, sagte sie zu sich, »das wirst du teuer bezahlen.«

Sie schloss die Maschine, kleidete sich an, verließ das Amt und ging zum Anwalt ...

*

Der Anwalt empfing Ninotschka sofort und hörte sie aufmerksam an.

»So ein Lump! Dabei ein alter Herr! Was wollen Sie unternehmen?«

»Kann man ihn nicht nach Sibirien verbannen?«, fragte Ninotschka.

»Das geht nicht, aber zur Verantwortung kann man ihn ziehen.«

»Dann ziehen Sie ihn zur Verantwortung!«

»Haben Sie Zeugen?«

»Ich bin die Zeugin«, erwiderte das Mädchen.

»Nein, Sie sind diejenige, auf die das Attentat verübt wurde. Wenn Sie keine Zeugen haben, ist nichts zu machen, sofern nicht Spuren des Attentates vorhanden sind.«

»Gewiss sind Spuren da. Er packte mich fest beim Ellbogen, da oben sieht man noch den blauen Fleck.«

Der Anwalt schaute nachdenklich das hübsche Mädchen an, zwinkerte mit den Augen und sagte:

»Zeigen Sie den Arm!«

»Es ist da, unter der Bluse!«

»Dann ziehen Sie die Bluse aus!«

»Aber Sie sind doch kein Arzt, sondern ein Anwalt!«

»Das hat nichts zu sagen, die Funktionen eines Arztes und eines Anwaltes sind beinahe identisch Wissen Sie, was ein Alibi ist?«

»Nein, das weiß ich nicht.«

»Na, sehen Sie, ich muss die Richtigkeit des Verbrechens feststellen, muss sozusagen Ihr Alibi konstatieren, also bitte, ziehen Sie Ihre Bluse aus!«

Das Mädchen seufzte und ließ seine Bluse von der einen Schulter herabsinken. Der Anwalt half ihr, berührte einen roten Fleck und sagte höflich:

»Verzeihen Sie, aber ich muss Sie untersuchen. Heben Sie Ihre Hand auf.«

»Rühren Sie mich nicht an«, schrie Ninotschka.

Sie zog rasch ihre Bluse an und lief hinaus.

*

Als sie auf der Straße stand, zitterte sie vor Empörung. Dann beschloss sie, einen Journalisten, der als ehrlicher Mensch bekannt war, aufzusuchen und ihm den Fall vorzutragen.

Der Journalist empfing sie zuerst unfreundlich, als sie ihm aber ihr Abenteuer erzählte, lachte er hellauf:

»Da haben Sie die besten Menschen, da haben Sie die Träger der Wahrheit! Sie benehmen sich wie Wilde, die kaum von der Kultur beleckt sind.«

»Soll ich die Bluse ausziehen?«, fragte Nina verlegen.

»Die Bluse, wozu die Bluse? Übrigens können Sie die Bluse ausziehen, es ist interessant, diesen Fleck zu sehen.«

Als er den nackten Arm und die Schulter sah, schüttelte er den Kopf:

»Haben Sie aber Arme! Die wirken geradezu verführerisch – verstecken Sie sie, oder nein, warten Sie, was wäre, wenn ich Sie an dieser Stelle küssen wollte? Sie hätten dabei nichts verloren!«

Aber der Journalist kam übel an. Rasch lief das Mädchen von ihm fort.

Auf der Straße lächelte sie zwischen Tränen und sagte:

»Mein Gott, alle Männer sind Lumpen.«

*

Am Abend saß Ninotschka zu Hause und weinte, dann hatte sie das Bedürfnis, jemandem ihr Leid zu erzählen. Sie kleidete sich um und ging zu ihrem Nachbar, einem Studenten, der in derselben Pension wohnte.

Der Student stand vor dem Examen, saß den ganzen Tag bis in die späte Nacht und studierte.

Als Nina ins Zimmer trat, hob er den Kopf vom Buche und sagte:

»Guten Abend, Ninotschka! Wollen Sie Tee? Dort steht der Samowar. Ich werde inzwischen mein Kapitel zu Ende lesen.«

»Iwanow, man hat mich heute beleidigt«, bemerkte traurig das Mädchen.

»Wer hat Sie beleidigt?«

»Mein Chef, ein Anwalt und ein Journalist. Alle Männer sind Lumpen!«

»Wieso hat man Sie beleidigt?«

»Einer packte mich fest am Arm und alle anderen wollten den Fleck sehen.«

»So«, sagte der Student und las ruhig weiter.

»Aber mir tut der Arm so weh«, bemerkte Nina.

»Trinken Sie Tee!«

»Wahrscheinlich«, sagte Ninotschka, »werden auch Sie meinen Arm ansehen wollen?«

»Weshalb soll ich ihn anschauen?«, bemerkte der Student. »Ich glaube Ihnen aufs Wort, dass dort ein Fleck ist.«

Ninotschka trank ihren Tee und der Student arbeitete weiter.

»Der Arm tut mir weh«, klagte das hübsche Mädchen, »soll ich vielleicht eine Kompresse machen ?«

»Ich weiß es nicht!«

»Soll ich Ihnen nicht den Arm zeigen? Ich weiß, Sie sind nicht wie die anderen, zu Ihnen habe ich Vertrauen.«

Der Student zuckte die Achseln:

»Wozu sich bemühen? Ich bin kein Mediziner, sondern Naturwissenschaftler!«

Nina biss die Lippen zusammen, stand auf und sagte trotzig:

»Sie sollen trotzdem meinen Arm anschauen!«

»Also, bitte, zeigen Sie. Tatsächlich, da ist ein blauer Fleck. Diese Männer! Na, es wird bald vorübergehen.«

Er schüttelte den Kopf und griff wieder nach seinem Buche.

Nina saß schweigend da, ihre Schulter war von der Lampe beleuchtet.

»Ziehen Sie die Bluse an«, bemerkte der Student, »im Zimmer ist es verflucht kalt!«

»Aber er hat mich auch am Fuß gezwickt«, sagte sie nach einer Pause und streifte ihren Rock ein wenig in die Höhe.

Der Student erwiderte kühl:

»Da müssten Sie den Strumpf ausziehen. Aber hier zieht es. Sie können sich erkälten, und ich verstehe nichts von Medizin. Das Vernünftigste ist, Sie trinken Ihren Tee weiter.«

Dann begann er, von Neuem zu büffeln.

Das Mädchen saß noch eine Weile da, endlich seufzte es und sagte:

»Ich fürchte, dass mein Gespräch von der Arbeit ablenkt«, drückte seine Hand und verließ das Zimmer.

Und als sie in ihrem Stübchen war, ließ sie sich auf ihrem Bett nieder, senkte den Blick, seufzte nochmals und sagte leise:

»Was für Lumpen sind doch die Männer!«

Wie ich ein Lügner wurde

Jeder, der mich von Kindheit kennt, kann bestätigen, dass kein Knabe die Wahrheit mehr liebte als ich. Alles, was sie wollen – pflegte ich zu sagen –, nur nicht lügen!

Ein Scherz, ein Schabernack – das vielleicht! Aber Lügen riefen in mir Gefühle hervor wie die Seekrankheit in einem Passagier, der zum ersten Mal eine Schiffsreise unternimmt.

*

Eines Tages fuhr ich in einer Droschke auf dem Liteyniprospekt. Von der Liteynaja kamen wir auf den Newski und wollten von da auf die Wladimirskaja. Plötzlich hört mein Pferd das Signal einer Autohupe. Das Pferd bleibt stehen, ein Auto fährt in die Droschke, die Droschke stürzt, das Pferd fällt, die Deichsel bricht. Ich falle auf das Pflaster, der Kutscher stürzt vom Bock auf das Pferd.

»Kutscher!«, rief ich, als ich vom Boden aufstand, »kriechen Sie vom Pferd herunter, Sie sind kein Reiter. Fahren Sie nach Hause.«

Etwa zwanzig Personen liefen auf mich zu. Ich sagte zu dem Polizeioffizier, der unter der Menge war:

»Könnte man nicht eine andere Droschke holen? Ich muss dringend weiterfahren.«

»Haben Sie sich wehgetan?«

»Danke, die Hand ist ein wenig verrenkt. Das ist meine eigene Schuld, weil ich so unglücklich gefallen bin.«

»Darf ich um Ihre Visitenkarte bitten.«

»Ich kann nichts dafür. Ich saß in der Equipage und ...«

»Sie sind nicht schuld. Die Schuld trägt der Kutscher.«

»Dann verlangen Sie seine Visitenkarte. Übrigens ist auch er nicht schuld. Als er sah, dass das Pferd ins Auto lief, schrie er laut auf. Er glaubte, dass das Pferd erschrecken würde. Sie wissen, wenn ein Pferd erschrickt, so nimmt es Reißaus. Mein Pferd kennt diese Regel nicht und blieb stehen. So fuhr das Auto in die Droschke hinein.«

»Erzählen Sie von Anfang an.«

»Bitte. Gestern Abend bekomme ich ein Radiotelegramm: Komme dringend zu mir. Dein Täubchen.«

»Das interessiert mich nicht – erzählen Sie, wie Sie gefahren sind.«

»Wir fuhren durch die Liteynaja auf den Newski. Plötzlich tönt von der Seite her eine Autohupe. Das Pferd erschrickt, bleibt stehen. Der Chauffeur kann den Motor nicht abstellen, fährt in die Droschke hinein ...«

»So. Und jetzt bitte um Angabe Ihres Namens, Ihres Berufes und Ihrer Adresse.«

Als ich diese Formalitäten erledigt hatte, konnte ich nach Hause gehen.

*

Nach diesem Vorfall verbrachte ich ruhig fünfzehn Stunden.

Am anderen Morgen, gegen sieben Uhr, läutete das Telefon.

»Hallo! Bist du es?«

»Ja, ich bin's. Ah, das bist du, Pelikanow? Was läutest du Sturm in so früher Stunde?«

»Mein Lieber, wie steht es mit deiner Gesundheit? Ich bin so beunruhigt! Diese Autos!«

»Woher weißt du es?«

»Ich hab' es in der Zeitung gelesen. Erzähle, wie das passiert ist!«

»Du hast es ja in der Zeitung gelesen.«

»Nein, erzähle selbst. Die Zeitungen schreiben nie die Wahrheit.«

Ich erzählte:

»Wir fuhren durch die Liteynaja auf den Newski und wollten auf die Wladimirskaja. Plötzlich ertönt ein Autohupensignal, das Pferd erschrickt, bleibe stehen, das Auto fährt in die Droschke, der Wagen wird umgeschmissen, das Pferd stürzt zu Boden, der Kutscher fällt auf das Pferd, ich fliege zu Boden, verletze ein wenig meinen Arm. Die Schmerzen sind schon vorüber, aber die Deichsel ist hin.«

»Furchtbar! Auf Wiedersehen!«

Ich ging vom Apparat, musste aber gleich dahin zurückkehren.

»Hallo, sind Sie das?«, rief die süße Stimme meines Täubchens.

»Ja, guten Morgen! Wie geht's?«

»Danke. Sie sind nicht im Bett? Dann ist das Unglück nicht so gefährlich. Ich war besorgt, so beunruhigt! Wie ist das passiert?«

»Es steht in den Zeitungen ...«

»Erzählen Sie selbst.«

Ich unterdrückte einen Seufzer und sagte:

»Wir fuhren durch die Liteynaja auf den Newski, dann auf die Wladimirskaja, plötzlich von der Seite ein Autohupensignal, das Pferd erschrickt, bleibt stehen, das Auto fährt in die Droschke hinein – wir liegen am Boden. Die eine Rippe tut weh, aber die Deichsel ist schon gesund.«

»Sie fiebern, armer Freund! Ich werde heute zu Ihnen kommen. Auf Wiedersehen!«

Auf die dritte telefonische Anfrage antwortete ich kurz:

»Fahrtroute: Liteyni, Newski, Wladimirskaja. Autohupe. Zusammenstoß. Equipage und Pferd fallen um. Ich auf die Seite. Schmerzen. Die Deichsel hin. Jetzt alles in Ordnung. Schluss!«

Nach dem vierten Läuten – lakonische Erklärung des Unfalles:

»Geh zum Teufel!«

Ich legte mich auf den Diwan und begann nachzudenken:

Eigentlich sind die armen Leute gar nicht schuld. Sie wollen mir ihre Teilnahme beweisen. Man muss gerecht sein. Es ist langweilig, ein und dieselbe Geschichte zehnmal zu erzählen, aber jeder hört sie zum ersten Mal. Man kann auch nicht jeden, der sich nach meinem Befinden erkundigt, zum Teufel schicken! Ich werde vielleicht hundert illustrierte Broschüren mit einer detaillierten Beschreibung des Falles drucken lassen und sie unter meine Freunde verteilen. Nein, das hat keinen Sinn; bis ich die Broschüre aus dem Druck erhalte, werden alle meine Freunde angerufen haben. Ich werde sie lieber zum Tee einladen und ihnen die Geschichte erzählen. Aber das geht auch nicht! Sie werden nicht auf einmal kommen und ich werde jedem einzeln die Geschichte erzählen müssen ...

Ich war in einer verzweifelten Lage und wusste nicht ein noch aus ...

Das Läuten des Telefons zwang mich, den Diwan zu verlassen.

»Hallo! Sind Sie das?«

»Ja! Sie wollen über den Zusammenstoß mit dem Auto nähere Details erfahren? Lesen Sie die Zeitung!«

»Die Blätter verdrehen alles!«

»Ja«, sagte ich plötzlich mit Wut, »Sie haben recht. Die Zeitungen lügen. Hören Sie die Wahrheit: Ich fahre auf der Liteynaja, neben mir sitzt ein alter Freund, der englische Gesandte. Er schaut sich um und sagt: ›Wir werden verfolgt‹. – ›Von wem?‹ – ›Von einer Sekte indischer Würger ... Als ich Oberst im zehnten indischen Regiment war, habe ich viele dieser Würger hängen lassen, und jetzt ...‹ Er beendet die Phrase nicht – plötzlich ein wildes Geschrei – aus einem Auto springen fünf Inder, packen die Räder unserer Droschke, der Wagen fällt. Der Oberst reißt von der Brust ein Amulett, zeigt es den Indern, ruft ihnen auf indisch ein paar Worte zu – sie laufen davon.«

»Schrecklich! Die Zeitungen haben es anders beschrieben!«

»Das glaube ich!«

*

»Hallo! Ja, ich! Gewiss. Furchtbarer Fall. Sie wollen es von mir hören? Gut. Wir fahren an der Ecke der Liteynaja, sehen auf dem Trottoir einen Schatten, der steht, brummt ...«

»Ein Auto auf dem Trottoir!«

»Woher? Das war ein Königstiger!«

»Hören Sie? Was erzählen Sie da? Wie kommt ein Tiger auf den Newski?«

»Er ist aus dem Zirkus durchgegangen! Was ist denn dabei: Kommt alle Tage vor! Mit einem gigantischen Sprung stürzt der Tiger auf die Droschke, wirft den Wagen um – wir schweben in Lebensgefahr. Zu unserem Glück geht ein Schütze vorbei. Er packt sein Gewehr, schießt und trifft den Tiger. Wir waren gerettet ...«

»Mein Gott, woher kam der Mann?«

»Aus dem Zirkus! Ein Schütze, der dort auftritt und jeden Gegenstand trifft.«

»Aber in den Zeitungen ...«

»Ach was, in den Zeitungen – die Zeitungen lügen!«

*

»Danke, dass Sie mich persönlich aufsuchen. Zu nett! Ich kann bis jetzt kaum zu mir kommen ...«

»Erzählen Sie ausführlich! Die Zeitung hat sicher den Fall nicht detailliert gebracht. Ich möchte es von Ihnen hören!«

»Ja, die Zeitungen lügen. Erstens spielte sich der Fall nicht auf dem Newski, sondern in meiner Wohnung ab.«

»Bei Ihnen? In der Wohnung? Eine Droschke mit Pferd – ein Auto?«

»Ja, stellen Sie sich vor!«

»Hören Sie ...«

»Ich behaupte ja nicht, dass das Auto groß war. Es war ganz klein – ich habe meinem Buben ein Spielauto gekauft.«

»Und das Pferd?«

»War ein Holzpferd. Mein Bub legte auf das Auto verschiedene Sachen, darunter fünf Kilo Pulver, die ich für die Jagd besorgt hatte. Der Bub saust im Zimmer herum, stößt mit dem Pferd zusammen. Das Pulver explodiert – alles fliegt in die Luft – der Knabe, das Auto, das Pferd, die Bonne, die ins Zimmer tritt – alles war in Stücke zerrissen. Man wusste nicht, wo die Bonne aufhörte und der Bub anfing ...«

»Furchtbar. Wo ist das alles?«

»Man hat es hinausgetragen ...«

Ich erzählte bis zum späten Abend. So bin ich ein Lügner geworden! Und wer hat mich dazu gemacht? Die Menschen, die mir die Wahrheit nicht glauben wollten ...

Wie verdient man vier Kronen?

Dieser Vorfall spielte sich in Prag ab. Ich ging auf der Straße und las eine Zeitung.

Plötzlich klopfte mir jemand leise auf die Schulter.

Ich wandte mich rasch um.

Vor mir stand ein Wachmann, der in schroffem Ton sagte:

»Sie zahlen vier Kronen Strafe!«

Und schon schrieb er ein Strafmandat.

»Erlauben Sie – wofür?«

»Es ist verboten, auf der Straße zu lesen.«

»Ich hab' ja gar nicht gelesen.«

»Was haben Sie denn gemacht?«

»Es war mir heiß, und ich wollte mit der Zeitung meine Stirn abwischen.«

»Mit einer frisch gedruckten Zeitung? Ich soll Sie wohl noch wegen Unreinlichkeit bestrafen?«

»Empörend!«, rief ich. »Ich mache Sie darauf aufmerksam, dass der Präsident mein leiblicher Onkel ist.«

»Ich bedaure ihn, wenn er solche Neffen hat!«

»Halten Sie mich nicht auf, verstehen Sie! Ich muss zum Frühstück bei einem Minister. Wenn ich zu spät komme ...«

»Dann zeigen Sie ihm das Strafmandat.«

»Hm, das ist also ein Strafmandat! Darf ich lesen, was Sie da geschrieben haben?«

»Bitte ...«

Ich lächelte boshaft:

»Wie kann ich es lesen, wenn Sie selbst behaupten, dass das Lesen auf der Straße verboten ist!«

Auf der Stirn des Wachmanns zeigten sich Schweißtropfen. Ich wollte ihm meine Zeitung borgen, damit er sich abwischen könne, aber er sagte:

»Kommen Sie mit aufs Kommissariat. Dort können Sie das Mandat durchlesen.«

»Nicht nötig!«, rief ich. »Genug gescherzt. Hier haben Sie vier Kronen, und die Sache ist in Ordnung.«

Der Wachmann salutierte, nahm das Geld, übergab mir das Strafmandat und entfernte sich.

Ich bog in eine Seitengasse ein und sah mich nach rechts und links um. Die Straße war menschenleer ... Da zog ich meine Zeitung aus der Tasche und begann darin zu lesen.

Niemand sah mich!

Dieses Verbrechen hat die Prager Polizei nicht entdeckt.

Und Sie wollen vielleicht noch sagen, dass dies keine leichte und mühelose Arbeit sei, vier Kronen zu verdienen?

Zauberei mit Knöpfen

Der Zufall führte mich in ein kleines Restaurant. Ich setzte mich in die Ecke und bestellte ein Glas Bier.

»Und ich sage, es gibt Zauberei!« hörte ich am Nebentisch jemanden ausrufen.

Ein Mann mit finsterem Blick und buschigem Schnurrbart hatte gesprochen. Es war leicht, seiner Aufgeblasenheit anzusehen, dass sie nichts als Dummheit war.

Einer, der neben ihm saß, sagte: »Unsinn. Nichts anderes als eine Geläufigkeit der Finger! Mit Zauberei hat das nichts zu tun.«

»Ich weiß es besser«, bemerkte der Mann mit dem finsteren Blick. »Nur ein Zauberer kann wirkliche Kunststücke produzieren.«

»So, das meinen Sie wirklich!«, rief der andere. »Gut. Ich werde Ihnen beweisen, dass keine Zauberei nötig ist.«

»Warum nicht? Das möcht' ich sehen!«

»Nun also – wollen Sie mit mir um hundert Rubel wetten, dass ich Ihnen im Laufe von fünf Minuten alle Knöpfe, die Sie an Ihren Kleidern, Unterkleidern, Schuhen und so weiter haben, abschneiden und wieder annähen kann?«

Der Mann mit dem düsteren Blick schaute den Redner zweifelnd an. Dann hob er kopfschüttelnd sein Bierglas:

»In fünf Minuten alle Knöpfe? Ausgeschlossen ...«

»Und ich sage, dass es möglich ist. Wetten wir?«

»Hundert Rubel ist zu viel. Ich habe bloß vier bei mir.«

»Geld spielt keine Rolle. Wetten wir also um drei Flaschen Bier. Einverstanden?«

Der Mann mit dem buschigen Schnurrbart rief giftig:

»Sie werden ohnehin verlieren.«

»Wir wollen sehen. Wetten wir?«

»Gut.«

Die Gegner reichten sich die Hände. Ein dritter Mann schlug sie auseinander.

»Schauen Sie auf die Uhr. Mehr als fünf Minuten darf es nicht dauern. Kellner, ein scharfes Messer und einen Teller!«

Der Kellner brachte Messer und Teller.

»Eins, zwei, drei – es geht los!«

Der Mann griff nach dem Messer, stellte den Teller vor sich hin und schnitt zuerst alle Knöpfe von des anderen Weste ab.

»Am Rock hab' ich auch welche«, bemerkte ironisch der Mann mit dem düsteren Blick. »Und hinten bei den Taschen auch.«

»Ich werde keinen übersehen.«

Zuletzt legte der Dummkopf die Schuhe auf den Tisch. »Rock, Weste, Unterkleider – alles in Ordnung«, sagte er. »Aber jetzt kommen die Schuhe dran. An jedem sind acht Knöpfe. Jetzt werden wir sehen, ob Sie alle in fünf Minuten annähen können. Herr, Sie werden Ihre Wette verlieren!«

Der andere erwiderte kein Wort und arbeitete fieberhaft mit seinem Messer. Gleich darauf wischte er sich den Schweiß von der Stirn, warf das Messer weg und rief: »Fertig!«

Der dritte stellte den Teller auf den Tisch und zählte die Knöpfe. Es waren fünfundachtzig Stück.

»Kellner, rasch Nadel und Zwirn!«

Da hob der dritte die Uhr und rief: »Zu spät. Fünf Minuten sind vorbei. Sie haben verloren.«

Der Zauberkünstler rief verzweifelt:

»Was? Verspielt? Furchtbar – was kann man tun? Das ist Pech! Kellner, bringen Sie für vier Rubel Bier. Zahlen!«

Der Mann mit dem buschigen Schnurrbart schrie:

»Sie wollen gehn? Wohin gehen Sie um Gottes willen?«

»Nach Hause. Höchste Zeit – ich muss morgen weiterreisen.«

»Und meine Knöpfe! Wer wird sie annähen? Sie müssen mir die Knöpfe annähen!«

»Ich? Warum? Ich habe die Wette verspielt – hier ist Bier für vier Rubel. Basta! Adieu, meine Herren!«

Der Zauberkünstler stand auf, grüßte, warf dem Kellner das Trinkgeld hin und verließ das Lokal.

Der Dummkopf wollte ihm nacheilen, stand auf und sah alle seine Kleider zu Boden fallen. Verschämt zog er die Hosen hinauf und rief außer sich:

»Wie werde ich nach Hause kommen?«

»Sperrstunde!«, sagte der Kellner ...

Wir standen auf und überließen den Mann mit dem finsteren Blick seinem Schicksal.

Zwei Frauen und ein Mann

Als ich am Morgen die hübsche, blonde Natascha traf, sagte sie zu mir:

»Sie haben mich ganz vergessen! Das ist nicht nett von Ihnen. Sicher haben Sie eine neue Liebe!«

»Ich Sie vergessen? Dich – Natascha!«

»Tss – lassen Sie diesen Ton! Also, was machen wir heute Abend?«

»Was Sie wollen! Gehen wir ins Theater!«

»Was spielt man?«

»Ein neues Stück: ›Zwei Frauen und ein Mann‹. Ein packendes Sujet, direkt aus dem Leben gegriffen. Der junge Graf lebt glücklich mit seiner bildhübschen Frau. Aber auf seiner Seele lastet eine alte Sünde. Er hat einmal eine andere Frau geliebt und sie im Stich gelassen. Diese Frau kommt durch Zufall als Gesellschafterin in sein Haus. Der Graf erkennt sie, und der jungen Gräfin kommt die Sache nicht richtig vor. Seelenkonflikte, dramatische Momente. Viel Psychologie, packende Stellen!«

»Also, schön, dann gehen wir ins Theater!«

Ich versprach Natascha, sie um acht Uhr abzuholen, dann gingen wir auseinander.

Am selben Tag war ich zum Tee bei der schlanken Marusja geladen.

Wir saßen einander gegenüber, schlürften den Tee und rauchten Zigaretten.

»Was glauben Sie«, sagte Marusja und lehnte sich in den Sessel zurück, »ist das Drama ›Zwei Frauen und ein Mann‹ gut?«

»Weshalb fragen Sie?«

»Ich wollte es mir heute anschauen.«

»Gehen wir lieber morgen!«

»Warum morgen? Ich will heute ins Theater gehen! Ich weiß nur nicht, ob das Stück interessant ist.«

»Ein fades, langweiliges Stück! Irgendein Idiot, ein Graf, hat geheiratet und bildet sich ein, sein Glück im Winkel gefunden zu haben. Da taucht plötzlich eine Freundin von einst auf, die in seinem Hause die Rolle einer Gesellschafterin spielt. Interessant, was? Na, und so weiter. Mit einem Wort: ein verlorener Abend!«

»Ich will aber heute ins Theater gehen!«

»Man erzählt, dass der Autor ein Quartalssäufer sei, der dieses Stück in einem Anfall von Delirium geschrieben habe. Sehen wir uns lieber die neue Operette an!«

»Nein, ich will ›Zwei Frauen und ein Mann‹ sehen!«

»Hm, was ich sagen wollte – fürchten Sie sich nicht vor Erkältungen? In diesem Theater – es ist ein Sommertheater – gibt es viele Ritzen. Es zieht von überall. Man kommt in einen Zug, und schon ist man erkältet.«

»Wollen Sie mit mir hingehen oder nicht?«

»Leider habe ich schon jemandem zugesagt. Aber ich werde gern eine Weile an Ihrer Seite verplaudern.«

»Wer ist dieser Jemand?«

»Mein Gott – eine flüchtige Bekannte! Sie bat mich, sie ins Theater zu begleiten, und da man nicht unhöflich sein kann, sagte ich zu.«

»Hm, ich begreife, eine neue Liebe!«

Ich lachte hellauf:

»Sie machen sich über mich lustig! Halten Sie mich für einen Don Juan? Für mich gibt es nur eine Frau.«

»Schweigen Sie! Also, Sie kommen ins Theater. Ich hoffe, dass Sie mich nicht allein sitzen lassen werden?«

Ich ging auf ein anderes Thema über und verließ um sieben Uhr die schlanke, schwarze Marusja.

*

Der erste Akt hatte bereits begonnen, als wir ins Theater kamen. Wir traten in die Loge. Dem Stück folgte ich kaum, sondern warf ab und zu einen Blick in den Zuschauerraum und suchte Marusja. Da bemerkte ich sie in der dritten Reihe in einem Silberbrokatkleid. Sie sah entzückend aus. Ich nickte ihr zu.

»Wen grüßen Sie da?«, fragte Natascha.

»Eine Bekannte.«

»Was ist das für eine Bekannte?«

»Hm, nur geschäftlich. Es ist gut, dass sie da ist. Ich muss ihr ein paar Worte sagen.«

»Was für ein Geschäft ist das?«

»Es handelt sich um den Verkauf einer Mühle. Ein Freund von mir will eine Mühle verkaufen, und sie weiß einen Käufer.«

»Seit wann befassen Sie sich mit dem Verkauf von Mühlen?«

»Natascha, Sie sind wohl eifersüchtig?«

Sie zuckte verächtlich mit den Achseln und schwieg.

Als der erste Akt zu Ende war, stand ich auf und sagte:

»Sie gestatten, dass ich auf eine Minute verschwinde. Ich sage der Dame ein paar Worte und bin gleich wieder da.«

»Sie brauchen überhaupt nicht zurückzukommen!«

»Natascha!«

»Also, wenn Sie wirklich eine geschäftliche Besprechung haben, dann gehen Sie, aber kommen Sie sofort zurück. Es ist für eine Dame peinlich, allein zu sitzen. Die Männer gaffen einen so an!«

»Mein Gott, Sie sind doch in der Loge!«

»Gehen Sie. Es ist mir wirklich peinlich, dass ich Sie gebeten habe, mich zu begleiten.«

Mit schwerem Herzen ging ich in den Zuschauerraum. Marusja war sehr erfreut.

»Guten Abend! Das ist nett, dass Sie mich nicht ganz vergessen. Zufällig ist neben mir ein Platz frei. Wollen Sie mit mir diesen Akt durchplauschen?«

»Ich wäre glücklich, aber ich bin in Gesellschaft.«

»Ja, ich habe es bemerkt. Sie ist nicht übel, aber zu stark geschminkt. Hm, wenn ich gewusst hätte, dass Sie Ihre Dame nicht auf eine Sekunde verlassen dürfen, wäre ich nicht ins Theater gegangen. Ich habe Durst. Wollen Sie mich ins Foyer begleiten?«

»Gehen wir!«, sagte ich energisch.

»Nein, ich habe es mir überlegt. Ich werde bis zur nächsten Pause warten.«

Ich nahm sie unter den Arm, führte sie ins Foyer und fühlte die Blicke, die uns Natascha nachsandte.

»Nun, wie steht die Sache mit der Mühle?«, fragte sie mich ironisch, als ich wie ein geschlagener Hund in die Loge kroch.

»Wenn Sie wüssten, wie man über Sie gesprochen hat, würden Sie anders reden.«

»Was hat man gesagt?«

»Man fand Sie entzückend. Wenn man ein Mann wäre, würde man sich auf der Stelle in Sie verlieben. Man ist überzeugt, dass ich in Sie über den Kopf verschossen bin und gratulierte mir zu meinem guten Geschmack.«

»Ich, eine Schönheit? Lächerlich. Sicherlich ist alles Ihre Erfindung!«

»Wirklich nicht!«

Natascha lächelte glücklich vor sich hin. Ich saß da und dachte: Wie wäre es, wenn man sie heute bekannt machte? Die Idee ist nicht übel. Ich könnte Marusja in die Loge bringen und brauchte nicht in den Pausen hin und her zu pendeln. Die Damen würden mich in Ruhe lassen, miteinander über die neuesten Moden sprechen und alles würde glatt ablaufen. Nach dem Theater könnte ich Natascha nach Hause bringen und mit Marusja in ein Restaurant gehen. Oder ich könnte mit beiden Damen ein Restaurant aufsuchen! Warum sollen sie nicht Freundinnen werden? Beide sind jung, hübsch, elegant, und wenn sie zusammen sind, werden sie auch ihre spitzen Bemerkungen vergessen.

»Sie gefallen ihr so«, sagte ich nach einer Pause, »ernsthaft, sie würde glücklich sein, Ihre Bekanntschaft zu machen.«

»Wirklich?«, bemerkte Natascha. »Nun, wenn Sie eine Dame der Gesellschaft ist, so laden Sie sie in unsere Loge ein.«

Ich stand auf und eilte zu Marusja.

»Liebste Marusja«, sagte ich, »Sie haben auf meine Begleiterin einen so starken Eindruck gemacht, dass sie Sie gern kennenlernen würde. Sie ist ein wenig in Sie verliebt.«

»Ich werde mit Vergnügen die Bekanntschaft der Dame machen!«

»Ausgezeichnet. Gehen wir in unsere Loge!«

»Unsere Loge: Was bedeutet das? Ich dachte, dass sie zu mir kommen wird.«

»Wozu? Wir sitzen zu dritt in der Loge.«

»Später recht gern. Wenn sie mich kennenlernen will, muss sie zu mir kommen. Ich kann doch nicht als Dame zu einer Unbekannten in die Loge gehen!«

Ich dachte einen Moment nach, dann sagte ich frisch:

»Ich werde mit ihr zu Ihnen kommen.«

*

Ich hatte nicht vorausgesehen, dass der Fall so kompliziert sein würde. Natascha weigerte sich entschieden, in den Zuschauerraum zu gehen.

»Wenn die Dame mich kennenlernen will, muss sie zu mir kommen.«

»Sie sagt, dass Sie eine Dame von Welt sind und dass sie es nicht wagt.«

»Ich gehe nicht zu ihr!«

»Einen Moment. Ich ordne es gleich.«

Ich lief wieder in den Zuschauerraum.

»Sie traut sich nicht, herunterzukommen. Sie ist so schüchtern. Gehen wir in die Loge!«

»Warum? Lassen Sie das. Bleiben Sie lieber bei mir sitzen, wenn Ihnen meine Gesellschaft nicht gleichgültig ist!«

Ich schaute auf unsere Loge: Eine Frauenhand machte mir ein Zeichen.

»Wissen Sie was? Ich habe eine Idee. Kommen Sie ins Foyer. Ich werde Sie auf neutralem Boden bekannt machen.«

»Das ist was anderes. Begleiten Sie mich ins Foyer.«

Ich setzte sie auf einen Diwan und wollte in die Loge eilen. Sie hielt mich zurück.

»Sie werden mich doch nicht allein im Foyer lassen?«

»Ich muss doch die Dame hierher bringen!«

»Schicken Sie einen Diener in die Loge!«

»Das geht nicht, sie ist eine Dame der Gesellschaft!«

»Ich bin auch eine Dame der Gesellschaft. Machen Sie, was Sie wollen, der Abend ist sowieso verdorben.«

Eine Minute später war ich wieder in der Loge.

»Wollen wir nicht im Foyer promenieren?«

»Das hätten Sie mir längst vorschlagen sollen. Gehen wir!«

Ich brachte Natascha ins Foyer, und als wir beim Diwan vorbeischritten, wo Marusja saß, rief ich:

»Das ist entzückend. Darf ich die Damen bekannt machen: Natascha Pawlowa, Marusja Iwanow.«

Sie drückten einander die Hände, ich lehnte mich müde und abgespannt an eine Säule.

»Gefällt Ihnen das Stück?«, fragte Marusja.

»Nicht besonders, und Ihnen?«

»Ich habe schon was Besseres gesehen!«

Gott sei Dank, dachte ich, die Mühle beginnt, sich zu drehen!

Dann sagte ich laut:

»Die Damen gestatten, dass ich ins Restaurant gehe und eine Zigarette rauche?«

»Bitte!«

Ich lief rasch davon.

*

Man spielte den letzten Akt.

»Wo wollen wir zu Abend essen?«, fragte ich unschlüssig.

»Wenn die Dame nichts dagegen hat, so schlage ich ›Contant‹ vor. Dort isst man gut«, sagte Marusja.

»Aber bei ›Donon‹ ist ein ausgezeichnetes Orchester, gehen wir lieber dorthin«, bemerkte Natascha.

»Zu ›Donon‹? Aber ich bin so gewöhnt ans ›Contant‹.«

»Schön, fahren wir dahin. Bei ›Donon‹ fühlt man sich wohler ...«

Inzwischen war die Vorstellung zu Ende.

»Ich habe unten meine Garderobe abgelegt«, bemerkte Marusja, »begleiten Sie mich zur Garderobe.«

»Und ich«, sagte schnippisch Natascha, »kann doch nicht allein in der Loge bleiben. Bringen Sie die Garderobe der Dame in die Loge. Und dann ist es zu spät. Es lohnt sich nicht, ins Restaurant zu fahren. Ich hoffe, lieber Freund, dass Sie mich nach Hause begleiten. Sie haben mich heute zur Genüge verlassen.«

Ich sprach kein Wort und lief aus der Loge in die Garderobe. Dort ging ich zum ersten besten Diener und drückte ihm eine Banknote in die Hand.

»Geh sofort in die Loge Nummer drei. Dort sitzen zwei Damen. Bringe der einen die Garderobe und sage ihnen, dass, als ich durch den Korridor ging, sich zwei Geheimagenten auf mich stürzten. Sie schleppten mich trotz meines Widerstandes fort. Sage, dass es anscheinend ein Missverständnis ist, dass der Fall sich morgen aufklären wird und eine Verwechslung vorliegt. Vergiss nicht, dass ich Widerstand geleistet habe!«

Dann zog ich meinen Mantel an und verließ das Theater ...

Ein paar Minuten später saß ich in einem kleinen Restaurant, trank Wein und fühlte mich so wohl wie seit Langem nicht.

Seit jener Zeit liebe ich die Einsamkeit.